JOAQUIM MANUEL DE MACEDO

A Moreninha

Orientação pedagógica e notas de leitura:
Douglas Tufano

CB124090

MODERNA

COORDENAÇÃO EDITORIAL Maristela Petrili de Almeida Leite
EDIÇÃO DE TEXTO Janette Tavano
COORDENAÇÃO DE EDIÇÃO DE ARTE Camila Fiorenza
DIAGRAMAÇÃO Isabela Jordani
CAPA Bruna Assis Brasil
FOTOS UTILIZADAS NA MONTAGEM DE CAPA © Duckworth/Corbis/Latinstock
© Kirn Vintage Stock/Corbis/Latinstock
© BlueSkyImage/Shutterstock
COORDENAÇÃO DE REVISÃO Elaine Cristina del Nero
REVISÃO Maristela S. Carrasco
COORDENAÇÃO DE PESQUISA ICONOGRÁFICA Luciano Baneza Gabarron
PESQUISA ICONOGRÁFICA Rosa André, Marcia Sato
COORDENAÇÃO DE *BUREAU* Américo Jesus
TRATAMENTO DE IMAGENS Fabio N. Precendo
PRÉ-IMPRESSÃO Alexandre Petreca
COORDENAÇÃO DE PRODUÇÃO INDUSTRIAL Wilson Aparecido Troque
IMPRESSÃO E ACABAMENTO A. S. Pereira Gráfica e Editora EIRELI
LOTE: 803231 - Código: 12099770

Dados Internacionais de Catalogação na Publicação (CIP)
(Câmara Brasileira do Livro, SP, Brasil)

Macedo, Joaquim Manuel de, 1820-1882.
A Moreninha / Joaquim Manuel de Macedo ; orientação pedagógica e notas de leitura Douglas Tufano. -- 5. ed. -- São Paulo : Moderna, 2015. -- (Coleção travessias)

ISBN 978-85-16-09977-0

1. Romance brasileiro I. Tufano, Douglas, II. Título. III. Série.

15-02178 CDD-869.93

Índices para catálogo sistemático:
1. Romances : Literatura brasileira 869.93

Reprodução proibida. Art.184 do Código Penal e Lei 9.610 de 19 de fevereiro de 1998.

Todos os direitos reservados

CÓPIA NÃO AUTORIZADA É CRIME
ABDR
ASSOCIAÇÃO BRASILEIRA DE DIREITOS REPROGRÁFICOS
RESPEITE O DIREITO AUTORAL

EDITORA MODERNA LTDA.
Rua Padre Adelino, 758 – Belenzinho
São Paulo – SP – Brasil – CEP 03303-904
Vendas e Atendimento: Tel. (11) 2790-1300
Fax (11) 2790-1501
www.modernaliteratura.com.br
2025

DE ACORDO COM AS NOVAS NORMAS ORTOGRÁFICAS

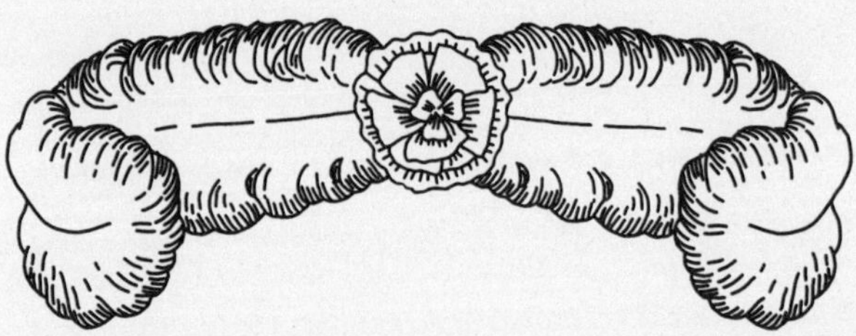

SUMÁRIO

LIVROS ANTIGOS PARA UM PÚBLICO JOVEM

Para o público de hoje, a leitura de um romance do século XIX pode parecer uma tarefa pouco prazerosa. Além da dificuldade para compreender o sentido de muitas palavras e expressões de épocas passadas, da estranheza de certas construções sintáticas pouco usuais atualmente, há nessas obras uma sensibilidade artística bem diferente da nossa, valores morais que privilegiam outros comportamentos. Mas não será possível ao leitor contemporâneo entender essas obras e até mesmo extrair delas o prazer da leitura?

A Editora Moderna apostou no "sim" e investiu numa edição diferenciada dos clássicos. A exemplo do que já é feito em outros países, em que uma mesma obra é editada com diferentes níveis de informação, os clássicos da coleção Travessias apresentam um minucioso trabalho de comentários à margem do texto integral.

O leitor iniciante tem muito a ganhar com essa leitura sinalizada, em que informações históricas, notas explicativas de vocabulário e características literárias da obra em questão são apresentadas de forma concisa e acessível pelo professor Douglas Tufano, reconhecido autor de livros didáticos na área de língua portuguesa e literatura.

A nossa intenção principal é aproximar passado e presente, levando o leitor a descobrir nos enredos dos livros antigos as mesmas emoções humanas que nos empolgam hoje.

JOAQUIM MANUEL DE MACEDO: VIDA E OBRA

O médico que preferiu ser escritor

Joaquim Manuel de Macedo nasceu em São João do Itaboraí, no Rio de Janeiro, em 1820. Em 1844, formou-se em Medicina pela Faculdade do Rio de Janeiro. O mesmo ano, aliás, em que lançou o romance *A Moreninha*. O sucesso de público logo tornou seu nome famoso e daí veio a dúvida: qual carreira deveria seguir? Ele era novo, tinha um diploma de médico, mas uma grande vontade de ser escritor, de dedicar-se à literatura, ao jornalismo, ao teatro.

E por que não conciliar as duas carreiras? Porque, no Brasil daquela época, elas eram inconciliáveis. Ser escritor, poeta, dramaturgo, enfim, uma pessoa dedicada à literatura, não assegurava boas recomendações a ninguém. Se alguém almejasse um cargo público, com planos de se dedicar à vida política, à medicina ou à advocacia, por exemplo, teria que invariavelmente desistir de uma carreira artística. José de Alencar, autor de *Senhora* e *Iracema*, foi um dos que receberam várias críticas por ser ministro e romancista. Manuel Antônio de Almeida, que publicou *Memórias de um sargento de milícias*, era médico e desistiu de abrir consultório, pois, segundo ele, no Brasil, ninguém iria procurar um doutor que escrevia poesias.

No caso de Joaquim Manuel de Macedo, a vocação literária também acabou sendo mais forte. O escritor Ubiratan Machado diz em seu livro *A vida literária no Brasil durante o Romantismo*:

"Joaquim Manuel de Macedo exerceu a profissão [de médico] durante alguns meses. Logo desistiu, entregando-se de corpo e alma ao jornalismo e ao magistério, mais afins com o ofício de escritor. Chegou a se esquecer que era formado em medicina. Precisando de um médico para atestar o óbito de uma criada de casa que acabara de morrer, saiu para a rua, preocupado. No caminho, encontrou o barão de Capanema e pediu-lhe que indicasse algum, para tirá-lo daquela enrascada. Capanema segurou-lhe o braço e disse: 'Aqui está um'. Os dois riram."

Dessa forma, venceram as letras, e a literatura brasileira ganhou um autor que deixou várias obras, de valor desigual, é certo, mas que ajudaram muito na criação de um público leitor para a nossa ainda iniciante prosa literária.

Um autor muito popular

Macedo foi realmente um escritor que gozou de muita popularidade, talvez o primeiro a ser de fato famoso no Rio de Janeiro. Tinha fãs não só entre leitores comuns, mas também entre os escritores e aqueles que ambicionavam seguir a carreira literária.

José de Alencar, por exemplo, declarou que, quando era estudante de Direito, tinha um colega que era "entusiasta do dr. Joaquim Manuel de Macedo", que tinha publicado, havia pouco, "o seu primeiro e gentil romance — A *Moreninha*". E revela ainda recordar-se das palavras desse companheiro, "que falava com abundância de coração em seu amigo e nas festas campestres do romântico Itaboraí, das quais o jovem escritor era ídolo querido".

Suas peças teatrais, os romances e folhetins que publicou por anos a fio nas páginas do *Jornal do Comércio*, além de sua simpatia natural, tornaram Macedo uma figura muito popular, podendo-se dizer que ele dominou sozinho a cena do romance brasileiro até a chegada de seu antigo admirador José de Alencar.

Um homem de múltiplas atividades

Além de dedicar-se à literatura, sua principal atividade, Macedo foi também professor de História e Geografia no Colégio Pedro II, no Rio de Janeiro. Era muito considerado na corte imperial, tornando-se professor e preceptor dos filhos da Princesa Isabel. Em 1849, junto com Gonçalves Dias e Manuel de Araújo Porto-Alegre, fundou a revista *Guanabara*, na qual publicou parte de um longo poema intitulado A *Nebulosa*. Colaborou ativamente no jornal *A Nação*, do Partido Liberal, publicando crônicas políticas por vários anos.

Além de romances, crônicas e folhetins, Macedo também se interessou pelo teatro. Escreveu várias peças e foi membro do Conselho do Conservatório Dramático do Rio de Janeiro.

© Divulgação

VISTA AÉREA DE ITABORAÍ ATUALMENTE.

IMAGENS DE ITABORAÍ, TÃO AMADA E ELOGIADA POR JOAQUIM MANUEL DE MACEDO, QUE ESCREVEU NA ÉPOCA: "A VILA DE ITABORAÍ, CABEÇA DE UMA DAS COMARCAS DA PROVÍNCIA DO RIO DE JANEIRO, ESTÁ ASSENTADA SOBRE UMA GRACIOSA COLINA POUCO ELEVADA MAS EM SITUAÇÃO TÃO FELIZ, QUE DO ALTO DELA SE DOMINA E APRECIA O MAIS BELO QUADRO DA NATUREZA CAMPESTRE."

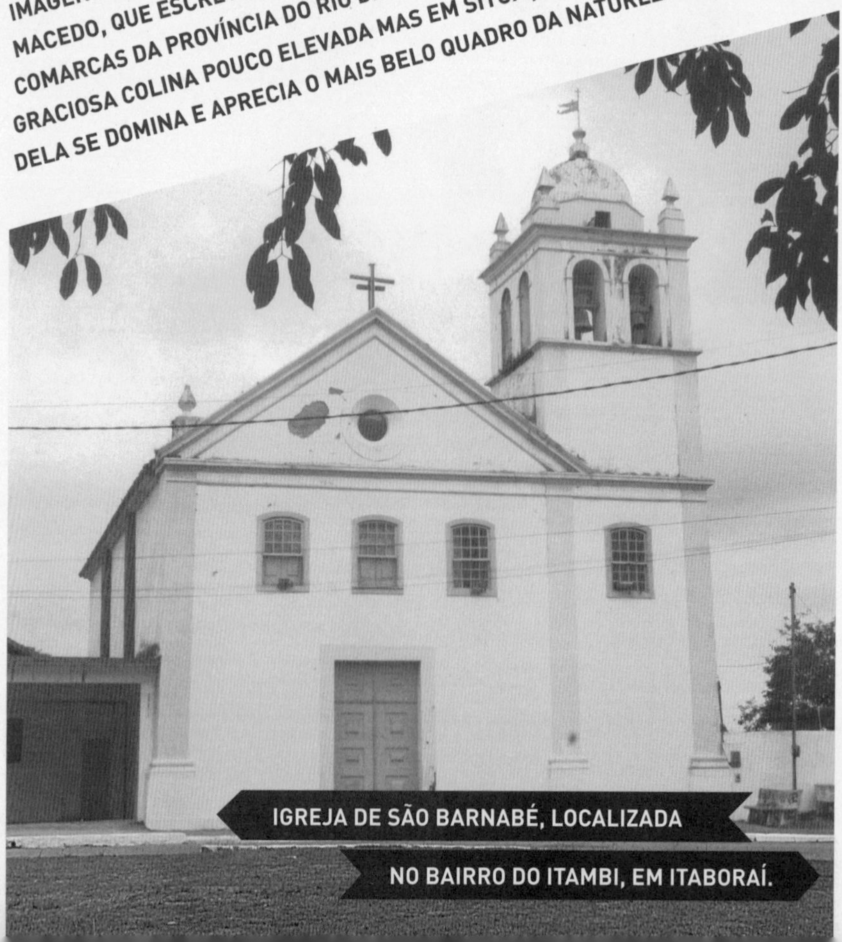

© Jorge Casagrande/Extra/ Agência O Globo

IGREJA DE SÃO BARNABÉ, LOCALIZADA NO BAIRRO DO ITAMBI, EM ITABORAÍ.

Folhetim e teatro: paixões do público

O público que seguia os romances e folhetins era formado, na sua maioria, por mulheres da classe alta, que tinham mais tempo livre para a leitura. É por isso que, nos prefácios e apresentações, os autores se dirigem quase sempre às "amáveis leitoras".

E o hábito de comentar o último capítulo de tal folhetim, de se escandalizar com alguma cena mais forte, de sofrer pelos heróis e heroínas foi, pouco a pouco, sedimentando-se entre essas pessoas, que depois substituíram o romance pela telenovela de enredo folhetinesco, mas que continuavam torcendo por seus personagens favoritos e se emocionando com as histórias de amor.

Por outro lado, uma nova paixão começava a conquistar os cariocas: o teatro. No segundo reinado, muitas casas de espetáculos foram construídas e várias companhias estrangeiras passaram a visitar o Rio de Janeiro. Assistir a apresentações teatrais tornou-se um hábito social de pessoas elegantes.

Foi então nos saraus, bailes e espetáculos organizados e frequentados pela classe alta que o doutor Macedinho, como era chamado o romancista, ambientou sua vasta obra.

© Reprodução

A MORENINHA (1844) E *O MOÇO LOIRO* (1845), RESPECTIVAMENTE O PRIMEIRO E O SEGUNDO ROMANCE DO AUTOR.

© Reprodução

A RUA DO OUVIDOR, NO RIO, ERA FAMOSA POR SUAS CONFEITARIAS, JOALHERIAS, LOJAS DE ROUPAS FINAS E LIVRARIAS: O PONTO DE ENCONTRO DA CLASSE ALTA CARIOCA DO SÉCULO XIX.

© Instituto Moreira Salles, Rio de Janeiro

AS PERSONAGENS DE A MORENINHA SE VESTIAM COMO ESSAS ELEGANTES MULHERES, FOTOGRAFADAS EM EVENTO SOCIAL NO ANO DE 1908.

© Augusto Malta - Coleção Particular, Rio de Janeiro

© Mary Evans/Other Images

AS LOJAS DO RIO IMITAVAM AS CASAS DE MODA PARISIENSES.

O adeus a um escritor querido

Macedo foi um escritor muito querido no Rio de Janeiro e pagou esse reconhecimento com páginas afetuosas sobre a cidade, escrevendo *Um passeio pela cidade do Rio de Janeiro* e *Memórias da rua do Ouvidor*, constituindo-se assim num dos primeiros cronistas cariocas. Por isso, a notícia de sua morte, em 1882, aos 62 anos, entristeceu a cidade e, principalmente, a vila de Itaboraí, onde ele era uma figura conhecida e amada.

Como última homenagem, foi colocado sobre seu túmulo, em 1887, um busto do escritor com uma placa de bronze onde se lê: "À memória do Dr. Joaquim Manuel de Macedo — O Povo de Itaborahy — Nascido em 24 de junho de 1820, falecido em 11 de abril de 1882. Erigido em 1º de novembro de 1887".

© Celso Pupo/Fotoarena

O início e o fim de uma era

Joaquim Manuel de Macedo viveu praticamente durante os anos em que o Brasil esteve sob o regime imperial.

Nascido às vésperas da Independência, Macedo presenciou os esforços de emancipação política do Brasil, assistiu às grandes modificações urbanas por que passou o Rio de Janeiro, a cidade da Corte, e morreu sete anos antes da proclamação da República, em 1889.

Ele viu nascer o movimento romântico na literatura, absorveu em suas obras muitos de seus traços, foi contemporâneo de grandes autores e, ao morrer, levou com ele também o Romantismo: um ano antes, Machado de Assis publicara *Memórias póstumas de Brás Cubas* e Aluísio Azevedo lançara *O mulato*, obras que abriam novos caminhos nessa área. Joaquim Manuel de Macedo e o Romantismo começavam a pertencer ao passado e à história da literatura brasileira.

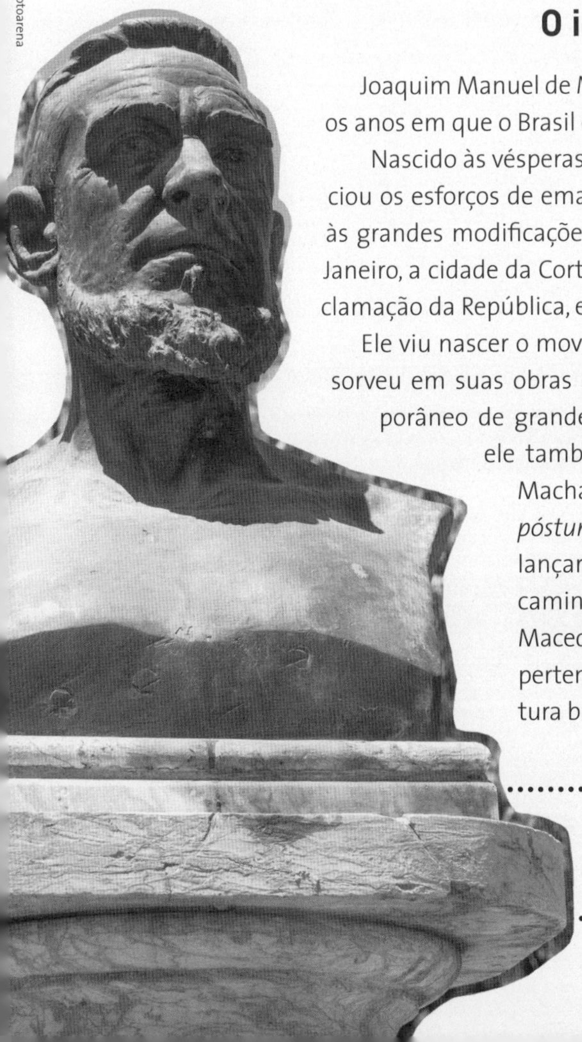

BUSTO DO ESCRITOR NO CENTRO HISTÓRICO DE ITABORAÍ.

DUAS PALAVRAS

Eis aí vão algumas páginas escritas, às quais me atrevi a dar o nome de — Romance. *Não foi ele movido por nenhuma dessas três poderosas inspirações que tantas vezes* **soem** *aparar as penas dos autores: glória, amor e interesse. Desse último estou eu bem a coberto com meus vinte três anos de idade, que não é na juventude que pode ele dirigir o homem; da glória só se andasse ela caída de suas alturas,* **rojando** *as asas quebradas, me lembraria eu, tão pela terra que rastejo, de pretender ir apanhá-la. A respeito do amor não falemos, pois se me estivesse o* **buliçoso** *a fazer cócegas no coração, bem sabia eu que mais proveitoso me seria gastar meia dúzia de semanas aprendendo numa sala de dança, do que* **velar** *trinta noites* **garatujando** *o que por aí vai. Este pequeno romance deve sua existência somente aos dias de desenfado e folga que passei no belo* **Itaboraí***, durante as férias do ano passado. Longe do* **bulício** *da corte e quase em ócio, a minha imaginação assentou lá consigo que bom ensejo era esse de fazer travessuras, e em resultado delas saiu —* A Moreninha.*

Dir-me-ão que o ser a minha imaginação traquinas não é um motivo plausível para vir eu **maçar** *a paciência dos leitores com uma composição* **balda de** *merecimento e cheia de irregularidades e defeitos; mas que querem? Quem escreve olha a sua obra como seu filho, e todo mundo sabe que o pai acha sempre graças e bondades na querida prole.*

Do que vem dito concluir-se-á que a Moreninha é minha filha, e exatamente assim penso eu. Pode ser que me acusem por não tê-la conservado debaixo de minhas vistas por mais tempo, para corrigir suas imperfeições e mostrá-la depois digna do amor dos leitores: esse era o meu primeiro intento. A Moreninha não é a única filha que possuo: tem três irmãos que pretendo educar com esmero, e o mesmo faria a ela; porém, essa menina saiu

Soem: costumam.

Rojando: arrastando.

Buliçoso: brincalhão, irrequieto.

Velar: ficar acordado.

Garatujando: rabiscando. É com humor que Macedo se refere ao ato de escrever.

Itaboraí: terra natal de Macedo (interior do Rio de Janeiro).

Bulício: agitação.

***Segundo o próprio autor, seu romance é fruto do ócio, da imaginação e da travessura, isto é, uma literatura de entretenimento, sem maiores pretensões.**

Maçar: importunar, aborrecer.

Balda de: sem.

tão travessa, tão impertinente, que não pude mais ***sofreá-la*** *no seu berço de carteira e, para ver-me livre dela, venho depositá-la nas mãos do público, de cuja benignidade e paciência tenho ouvido grandes elogios.*

Eu, pois, conto que, não esquecendo a fama antiga, o público a receba e lhe perdoe seus ***senões****, maus modos e leviandades. É uma criança que terá, quando muito, seis meses de idade; merece a compaixão que por ela imploro; mas, se lhe notarem graves defeitos de educação, que provenham da ignorância do pai, rogo que não os deixem passar por alto; acusem-nos, que daí tirarei eu muito proveito, criando e educando melhor os irmãozinhos que a Moreninha tem cá.*

E tu, filha minha, vai com a bênção paterna e queira o céu que ditosa sejas. Nem por seres traquinas te estimo menos: e, como prova, vou, em despedida, dar-te um precioso conselho: recebe, filha, com gratidão, a crítica do homem instruído; não chores se com a unha marcarem o lugar em que tiveres mais notável senão, e quando te disserem que por esse erro ou aquela falta não és boa menina, jamais ***te arrepies****, antes agradece e anima-te sempre com as palavras do velho poeta:*

"Deixa-te repreender de quem bem te ama,
Que, ***ou te aproveita ou quer aproveitar-te***."

Sofreá-la: segurá-la, contê-la.

Senões: defeitos.

Te arrepies: te zangues.

Ou te aproveita ou quer aproveitar-te: isto é, ou te traz um proveito ou quer trazer.

1. APOSTA IMPRUDENTE

— Bravo! — exclamou Filipe, entrando e despindo a casaca, que pendurou em um cabide velho. Bravo!... Interessante cena! Mas certo que desonrosa fora para casa de um estudante de medicina e já no sexto ano, a não valer-lhe o adágio antigo: o hábito não faz o monge.

— Temos discurso!... atenção!... ordem!... — gritaram a um tempo três vozes.

— Coisa célebre! — acrescentou Leopoldo. — Filipe sempre se torna orador depois do jantar...

— E dá-lhe para fazer **epigramas** — disse Fabrício.

— Naturalmente — acudiu Leopoldo — que, por dono da casa, maior quinhão houvera no cumprimento do recém-chegado; naturalmente **Bocage**, quando tomava **carraspanas**, descompunha os médicos.

— ***C'est trop fort!*** — bocejou Augusto, espreguiçando-se no **canapé** em que se achava deitado.

— Como quiserem — continuou Filipe, pondo-se em hábitos menores —, mas por minha vida que a carraspana de hoje ainda me concede apreciar devidamente aqui o meu amigo Fabrício, que talvez acaba de chegar de alguma visita diplomática, vestido com esmero e alinho, porém tendo a cabeça encapuzada com a vermelha e velha carapuça do Leopoldo; este, ali escondido dentro de seu ***robe de chambre*** cor de burro quando foge, e sentado em uma cadeira tão desconjuntada que, para não cair com ela, põe em ação todas as leis de equilíbrio, que estudou em **Pouillet**; acolá, enfim, o meu romântico Augusto, em ceroulas, com as **fraldas** à mostra, estirado em um canapé em tão bom uso, que ainda agora mesmo fez com que Leopoldo se lembrasse de Bocage*. Oh! V.Sas. tomam café!... ali o senhor descansa a xícara azul em um pires de porcelana... aquele tem uma **chávena** com belos **lavores** dourados, mas o pires é cor-de-rosa... aquele outro nem porcelana, nem lavores, nem cor azul ou de rosa, nem xícara... nem pires... aquilo é uma tigela num prato...

Epigramas: frases críticas ou irônicas.

Manuel Maria Barbosa du Bocage (1765-1805): poeta lírico português que foi considerado um dos melhores sonetistas da literatura portuguesa. Levou uma vida boêmia e desregrada.

Carraspanas: bebedeiras.

C'est trop fort! **(em francês):** "é forte demais!". Com isso, Augusto parece dizer que o discurso de Filipe é exagerado e não lhe interessa. O hábito de falar francês dá ao leitor informações sobre a classe social a que pertence a personagem.

Canapé: sofá com encosto e braços no qual se podem sentar até três pessoas.

Robe de chambre **(em francês):** roupão.

Claude Pouillet (1791--1868): físico francês.

Fraldas: parte inferior da camisa.

* Alude ao tão conhecido epigrama de Bocage:
"Quando a velha antiguidade
Por estas casas entrou
Disse àquele canapé:
— Sua bênção, meu avô". (Nota do Autor).

Chávena: xícara.

Lavores: ornamentos em relevo.

— Carraspana!... carraspana!... — gritaram os três.

— Ó **moleque**! — prosseguiu Filipe, voltando-se para o corredor — traz-me café, ainda que seja no **púcaro** em que o coas; pois creio que, a não ser a falta de louça, já teu senhor **mo** teria oferecido.*

— Carraspana!... carraspana!...

— Sim — continuou ele — eu vejo que vocês...

— Carraspana!... carraspana!...

— Não sei de nós quem mostra...

— Carraspana!... carraspana!...

Seguiram-se alguns momentos de silêncio, e ficaram os quatro estudantes assim a modo de moças quando **jogam o siso**. Filipe não falava, por conhecer o propósito em que estavam os três de lhe não deixar concluir uma só proposição; e estes, porque esperavam vê-lo abrir a boca para gritar-lhe: carraspana!...

Enfim, foi ainda Filipe o primeiro que falou, exclamando de repente:

— Paz! paz!...

— Ah! já?... — disse Leopoldo, que era o mais **influído**.

— Filipe é como o galego — disse um outro —, perderia tudo para não guardar silêncio durante uma hora.

— Está bem, o passado, passado: protesto não falar mais nunca na carapuça, nem nas cadeiras, nem no canapé, nem na louça do Leopoldo... Estão no caso... sim...

— Hein?... olha a carraspana...

— Basta! vamos a negócio mais sério. Onde vão vocês passar o Dia de Sant'Ana?

— Por quê?... Temos **patuscada**?... — acudiu Leopoldo.

— Minha avó chama-se Ana.

— ***Ergo***!...

— Estou habilitado para convidá-los a vir passar a véspera e Dia de Sant'Ana conosco, na Ilha de...**

— Eu vou — disse prontamente Leopoldo.

— E dois — acudiu logo Fabrício.

Augusto só guardou silêncio.

— E tu, Augusto?... — perguntou Filipe.

Moleque: escravo que fazia todo tipo de tarefa para o senhor, sem uma qualificação exclusiva.

Púcaro: vaso pequeno, com asas; caneca.

Mo: construção que equivale a "me teria oferecido isso (o café)". A junção dos pronomes me + o é, hoje, um uso tipicamente lusitano. Essa construção pode ser feita com outros pronomes, como lho *(lhe + o)*, ta *(te + a)* etc.

*** Note o clima de desordem e desleixo, típico da casa de rapazes estudantes; observe também o ambiente do século XIX, a descrição do vestuário das personagens, os móveis, as louças, as brincadeiras.**

Jogar o siso: brincadeira em que os participantes devem se encarar, o máximo de tempo, sem rir nem falar.

Influído: animado, entusiasmado.

Patuscada: festa, farra.

***Ergo* (em latim): portanto.**

**** Muitos escritores do Romantismo não faziam indicações precisas de tempo e espaço para criar uma atmosfera de indefinição, de mistério.**

— Eu?... eu não conheço tua avó.

— Ora, **sou seu criado**; também eu não a conheço — disse Fabrício.

— Nem eu — acrescentou Leopoldo.

— Não conhecem a avó, mas conhecem o neto — disse Filipe.

— E ademais — tornou Fabrício —, palavra de honra que nenhum de nós tomará o trabalho de lá ir por causa da velha.

— Augusto, minha avó é a velha mais patusca do Rio de Janeiro.

— Sim?... que idade tem?

— Sessenta anos.

— Está fresquinha ainda... Ora... se um de nós a enfeitiça e se faz avô de Filipe!...

— E ela, que possui talvez seus duzentos mil cruzados, não é assim, Filipe? Olha, se é assim, e tua avó se lembrasse de querer casar comigo — disse Fabrício —, juro que mais depressa daria o meu "recebo a vós" aos cobres da velha, do que a qualquer das nossas "**toma-larguras**" da moda.

— Por quem são!... deixem minha avó e tratemos da patuscada. Então tu vais, Augusto?

— Não.

— É uma bonita ilha.

— Não duvido.

— Reuniremos uma sociedade pouco numerosa, mas bem escolhida.

— Melhor para vocês.

— No domingo, à noite, teremos um baile.

— Estimo que se divirtam.

— Minhas primas vão.

— Não as conheço.

— São bonitas.

— Que me importa?... Deixem-me. Vocês sabem o meu fraco e caem-me logo com ele: moças!... moças!... Confesso que **dou o cavaco por** elas, mas as moças me têm posto velho.

Sou seu criado: nem por isso.

Toma-larguras: termo com que se designavam, de maneira pejorativa ou humorística, os criados do paço. Aqui, parece ser uma alusão irônica às jovens que frequentavam a corte.

Dou o cavaco por: gosto muito de.

— É porque ele não conhece tuas primas — disse Fabrício.

— Ora... o que poderão ser senão demoninhas, como são todas as outras moças bonitas?*

— Então tuas primas são gentis?... — perguntou Leopoldo a Filipe.

— A mais velha — respondeu este — tem dezessete anos, chama-se Joana, tem cabelos negros, belos olhos da mesma cor, e é pálida.

— Hein?... — exclamou Augusto —, pondo-se de um pulo duas **braças** longe do canapé onde estava deitado; então ela é pálida?...

— A mais moça tem um ano de menos: loira, de olhos azuis, faces cor-de-rosa... seio de **alabastro**... dentes...

— Como se chama?

— Joaquina.

— Ai, meus pecados!... — disse Augusto.

— Vejam como Augusto já está enternecido...

— Mas, Filipe, tu já me disseste que tinhas uma irmã.

— Sim: é uma moreninha de quinze anos**.

— Moreninha! diabo!... — exclamou outra vez Augusto, dando novo pulo.

— Está sabido... Augusto **não relaxa** a patuscada.

— É que este ano já tenho pagodeado meu ***quantum satis***; e, assim como vocês, também eu quero andar em dia com alguns senhores, com quem nos é muito preciso estar de contas justas no mês de novembro***.

— Mas a pálida?... a loira?... a moreninha?...

— Que interessante terceto! — exclamou em tom teatral Augusto — que coleção de belos tipos!... uma jovem com dezessete anos, pálida... romântica e, portanto, sublime; uma outra, loira... de olhos azuis... faces cor-de--rosa... e... não sei que mais; enfim, clássica e por isso bela. Por último, uma terceira de quinze anos... moreninha, que, ou seja romântica ou clássica, prosaica ou poética, ingênua ou misteriosa, há de por força ser interessante, travessa e engraçada; e por consequência qualquer das três, ou todas ao mesmo tempo, muito capazes de fazer

*** Augusto revela que tem um conceito bastante negativo das mulheres. Essa afirmativa se baseia na sua experiência amorosa, que será narrada mais adiante.**

Braça: antiga medida de extensão correspondente a 2,20 metros.

Alabastro: rocha muito branca e translúcida. Note como o seio ou colo branco era valorizado na descrição das heroínas românticas.

**** Na primeira edição: catorze anos.**

Não relaxa: não desiste.

***Quantum satis* (em latim): "o quanto basta". Com isso, Augusto quer dizer que já farreou o suficiente.**

***** Alusão aos exames escolares do fim do ano, pois ele é estudante de medicina.**

de minha alma peteca, de meu coração **pitorra**!... Está tratado... não há remédio...* Filipe, vou visitar tua avó. Sim, é melhor passar os dois dias estudando alegremente nesses três interessantes volumes da grande obra da natureza do que gastar as horas, por exemplo, sobre um célebre **Velpeau**, que só ele faz por sua conta e risco mais citações em cada página do que todos os meirinhos fizeram, fazem e hão de fazer pelo mundo.**

— Bela consequência! É raciocínio o teu que faria inveja a um calouro — disse Fabrício.

— Bem raciocinado... não tem dúvida — acudiu Filipe —, então, conto contigo, Augusto?

— Dou-te palavra... e mesmo porque eu devo visitar tua avó.

— Sim... já sei... isso dirás tu a ela.

— Mas vocês não têm reparado que Fabrício tornou-se amuado e pensativo, desde que se falou nas primas de Filipe?...

— Disseram-me que ele anda enrabichado com minha prima Joaninha.

— A pálida?... pois eu já me vou dispondo a **fazer meu pé de alferes** com a loira.

— E tu, Augusto, quererás porventura **requestar** minha irmã?...

— É possível.

— E de qual gostarás mais, da pálida, da loira ou da moreninha?...

— Creio que gostarei, principalmente, de todas.***

— Ei-lo aí com sua mania.

— Augusto é incorrigível.

— Não, é romântico.

— Nem uma coisa nem outra... é um grandíssimo velhaco.

— Não diz o que sente.

— Não sente o que diz.

— Faz mais do que isso, pois diz o que não sente.

— O que quiserem... Serei incorrigível, romântico ou velhaco, não digo o que sinto, não sinto o que digo, ou

Pitorra: pião.

*** Aqui são descritos três tipos femininos românticos: a pálida, a loura e a morena.**

Alfred Velpeau (1795--1867): cirurgião francês que foi o provável autor de compêndios adotados no curso médico.

**** Com isso Augusto quer dizer que é melhor deixar de lado os estudos e "estudar" as moças. Aqui, há um trocadilho com a palavra "citação": os meirinhos, que são funcionários da Justiça, passam o dia fazendo citações, isto é, vivem convocando pessoas a depor em processos.**

Fazer pé de alferes: ficar de olho, paquerar, namorar.

Requestar: pretender, galantear, paquerar.

***** O que esse comentário de Augusto revela sobre sua personalidade?**

mesmo digo o que não sinto; sou, enfim, mau e perigoso, e vocês inocentes e anjinhos. Todavia, eu a ninguém escondo os sentimentos que ainda há pouco mostrei: em toda a parte confesso que sou volúvel, inconstante e incapaz de amar três dias um mesmo objeto; verdade seja que nada há mais fácil do que me ouvirem um "eu vos amo", mas também a nenhuma pedi ainda que me **desse fé**; pelo contrário, digo a todas o como sou; e se, apesar de tal, sua vaidade é tanta que se suponham inesquecíveis, a culpa, certo que não é minha. Eis o que faço. E vós, meus caros amigos, **que blasonais** de firmeza de rochedo, que jurais amor eterno cem vezes por ano a cem diversas belezas... sois tanto ou ainda mais inconstantes que eu!... Mas entre nós há sempre uma grande diferença; vós enganais e eu desengano; eu digo a verdade e vós, meus senhores, mentis...

— Está romântico*!... está romântico!... — exclamaram os três, rindo às gargalhadas.

— A alma que Deus me deu — continuou Augusto — é sensível demais para reter por muito tempo uma mesma impressão. Sou inconstante, mas sou feliz na minha inconstância, porque, apaixonando-me tantas vezes, não chego nunca a amar uma vez...

— Oh!... Oh!... que horror!... que horror!...

— Sim! esse sentimento que voto às vezes a dez jovens num só dia, às vezes numa mesma hora, não é amor, certamente. Por minha vida, interessantes senhores, meus pensamentos nunca têm damas, porque sempre têm damas; eu nunca amei... eu não amo ainda... eu não amarei jamais...

— Ah!... ah!... ah!... e como ele diz aquilo!

— Ou, se querem, precisarei melhor o meu programa sentimental; lá vai: afirmo, meus senhores, que meu pensamento nunca se ocupou, não se ocupa, nem se há de ocupar de uma mesma moça durante quinze dias.

— E eu afirmo que segunda-feira voltarás da Ilha de... loucamente apaixonado de alguma de minhas primas.

— Pode bem suceder que de ambas.

Desse fé: acreditasse.

Que blasonais: que ficais se vangloriando.

* O termo "romântico" tem aqui a conotação de "movido pelo amor".

— E que todo o resto do ano letivo passarás pela Rua de... duas e três vezes por dia, somente com o fim de vê-la.

— Assevero que não.

— Assevero que sim.

— Quem?... eu?... eu mesmo passar duas e três vezes por dia por uma só rua, por causa de uma moça?... e para quê?... Para vê-la lançar-me olhos de ternura, ou sorrir-se brandamente quando eu para ela olhar, e depois fazer-me caretas ao lhe dar as costas?... Para que ela chame as vizinhas que lhe devem ajudar a chamar-me tolo, pateta, **basbaque** e namorador?... Não, minhas belas senhoras da moda! Eu vos conheço bastante... amante apaixonado quando vos vejo, esqueço-me de vós duas horas depois de deixar-vos. Fora isso só queimarei o incenso da ironia no altar de vossa vaidade; fingirei obedecer a vossos caprichos e somente zombarei deles. Ah!... muitas vezes, alguma de vós, quando me ouve dizer: "sois encantadora", está dizendo consigo: "ele me adora", enquanto eu digo também comigo: "que vaidosa!"

— Que vaidoso!... te digo eu — exclamou Filipe.

— Ora, essa não é má!... Então vocês querem governar o meu coração?...

— Não; porém eu torno a afirmar que tu amarás uma de minhas primas durante todo o tempo que for da vontade dela.

— Que mimos de amor que são as primas deste senhor!...

— Eu te mostrarei.

— Juro que não.

— Aposto que sim.

— Aposto que não.

— Papel e tinta: escreva-se a aposta.

— Mas tu me dás muita vantagem, e eu rejeitarei a menor. Tens apenas duas primas: é um número de feiticeiras muito limitado. Não sejam só elas as únicas **magas** que em teu favor invoquem para me encantar:

Basbaque: tolo, palerma.

Magas: feiticeiras.

meus sentimentos ofendem, talvez, a vaidade de todas as belas; todas as belas, pois, tenham o direito de te fazer ganhar a aposta, meu valente campeão do amor constante!

— Como quiseres, mas escreve.

— E quem perder?...

— Pagará a todos nós um almoço no **Pharoux** — disse Fabrício.

— Qual almoço! — acudiu Leopoldo — pagará um camarote no primeiro drama novo que representar o nosso **João Caetano**.

— Nem almoço, nem camarote — concluiu Filipe —, se perderes, escreverás a história da tua derrota; e se ganhares, escreverei o triunfo da tua inconstância*.

— Bem, escrever-se-á um romance, e um de nós dois, o infeliz, será o autor**.

Augusto escreveu primeira, segunda e terceira vez o termo da aposta; mas depois de longa e vigorosa discussão, em que qualquer dos quatro falou duas vezes sobre a matéria, uma para responder e dez ou doze pela ordem; depois de se oferecerem quinze emendas e vinte artigos aditivos, caiu tudo por grande maioria, e entre bravos, apoiados e aplausos, foi aprovado, salva a redação, o seguinte termo:

"No dia 20 de julho de 18... na sala parlamentar da casa nº ... da Rua de..., sendo testemunhas os seguintes estudantes Fabrício e Leopoldo, acordaram Filipe e Augusto, também estudantes, que, se até o dia 20 de agosto do corrente ano, o segundo acordante tiver amado a uma só mulher durante quinze dias ou mais, será obrigado a escrever um romance em que tal acontecimento confesse; e, no caso contrário, igual pena sofrerá o primeiro acordante.

Sala parlamentar, 20 de julho de 18... Salva a redação."

Como testemunhas: Fabrício e Leopoldo.

Acordantes: Filipe e Augusto.

E eram oito horas da noite quando se levantou a sessão.

Pharoux: famoso restaurante carioca da época.

João Caetano (1808-1863): talentoso ator brasileiro, que, junto à sua companhia, muito contribuiu para a evolução da arte dramática e para a criação de um teatro nacional.

*** Toda a cena introdutória é construída sobre o diálogo, à maneira teatral; tal característica não é habitual na maioria dos romances românticos, cujas introduções são geralmente descrições. Macedo escreveu muito para o teatro e era hábil na elaboração de diálogos.**

**** A aposta reforça a ideia de brincadeira aludida pelo autor na nota introdutória, como uma das motivações do romance.**

2. FABRÍCIO EM APUROS

A cena que se passou teve lugar numa segunda-feira. Já lá se foram quatro dias: hoje é sexta-feira, amanhã será sábado, não um sábado como outro qualquer, mas um sábado véspera de Sant'Ana.

São dez horas da noite; os sinos tocaram a recolher. Augusto está só, sentado junto de sua mesa, tendo diante de seus olhos seis ou sete livros, papéis, pena e toda essa série de coisas que compõem a família do estudante.

É inútil descrever o quarto de um estudante: aí nada se encontra de novo. Ao muito acharão uma estante, onde ele guarda os seus livros; um cabide, onde pendura a casaca; o **moringue**; o castiçal; a cama; uma até duas **canastras** de roupa; o chapéu; a bengala e a bacia*****; a mesa, onde escreve e que só apresenta de recomendável a gaveta cheia de papéis, de cartas de família, de flores e fitinhas misteriosas: é pouco mais ou menos assim o quarto de Augusto.

Agora ele está só. Às sete horas, desse quarto saíram três amigos: Filipe, Leopoldo e Fabrício. Trataram da viagem para a Ilha de... no dia seguinte e retiraram-se descontentes, porque Augusto não se quis convencer de que deveria **dar um ponto** na clínica para ir com eles ao amanhecer. Augusto tinha respondido: Ora vivam! bem basta que eu **faça gazeta** na aula de partos; não vou senão às dez horas do dia.

E, pois, despediram-se amuados. Fabrício queria ainda demorar-se e mesmo ficar com Augusto, mas Leopoldo e Filipe o levaram consigo à força. Fabrício fez-se acompanhar do moleque que servia Augusto, porque, dizia ele, tinha um papel de importância a mandar.

Eram dez horas da noite, e nada de moleque. Augusto via-se atormentado pela fome, e Rafael, o seu querido moleque, não aparecia... o bom Rafael, que era ao mesmo tempo o seu cozinheiro, limpa-botas, cabeleireiro, moço de recados e... e tudo mais que as urgências mandavam que ele fosse.

Moringue: moringa.

Canastras: baús.

*** O uso da bacia para a higiene pessoal era necessário, já que não havia água encanada no século XIX, no Brasil.**

Dar um ponto: faltar.

Faça gazeta: cabule, falte.

Com justa razão, portanto, estava cuidadoso Augusto, que de momento a momento exclamava:

— Vejam isso!... já tocou a recolher e Rafael está ainda na rua! Se cai nas unhas de algum **beleguim**, não é decerto o sr. Fabrício quem há de pagar as despesas da Casa de Correção... Pobre do Rafael! que cavaco não dará quando lhe raparem os cabelos*!

Mas nesse momento ouviu-se tropel na escada... Era Rafael, que trazia uma carta de Fabrício, e que foi aprontar o chá, enquanto Augusto lia a carta. Ei-la aqui**:

Augusto. Demorei o Rafael, porque era longo o que tenho de escrever-te. Melhor seria que eu te falasse, porém bem viste a impertinência de Filipe e Leopoldo. Felizmente, acabam de deixar-me. Que ***macistas****!... Principio por dizer-te que te vou pedir um favor, do qual dependerá o meu prazer e sossego na Ilha de... Conto com a tua amizade, tanto mais que foram os teus princípios que me levaram aos apuros em que ora me vejo. Eis o caso.*

Tu sabes, Augusto, que, concordando com algumas de tuas opiniões a respeito de amor, sempre entendi que uma namorada é traste tão essencial ao estudante, como o chapéu com que se cobre ou o livro com que estuda. Concordei mesmo algumas vezes em ***dar batalha a dois e três castelos a um tempo****; porém tu não ignoras que a semelhante respeito estamos discordes no mais: tu és ultrarromântico e eu ultraclássico.*

O meu sistema era este:

Primeiro — Não namorar moça de sobrado. Daqui tirava eu dois proveitos, a saber: não pagava o moleque para me levar recados e dava sossegadamente, e à mercê das trevas, meus beijos por entre os ***postigos*** *das janelas.*

Segundo — Não requestar moça endinheirada. Assim eu não ia ao teatro para vê-la, nem aos bailes para com ela dançar, e poupava os meus cobres.

Terceiro — Fingir ciúmes e ficar mal com a namorada em tempos de festas e barracas no campo. E por tal modo livrava-me de pagar doces, frutas e outras impertinências.

Beleguim: agente policial ou judicial.

*** Os escravos pegos na rua depois do toque de recolher ficavam presos na Casa de Correção e tinham os cabelos raspados.**

**** O costume de escrever, enviar e receber cartas era, então, comparável, hoje, à conversa por telefone.**

Macistas: maçadores, importunos.

Dar batalha a dois e três castelos a um tempo: namorar duas ou três moças ao mesmo tempo.

Postigos: pequenas aberturas em certos tipos de portas e janelas.

Essas eram as bases fundamentais do meu sistema.

Ora, tu te lembrarás que bradavas contra o meu proceder como indigno da minha categoria de estudante; e, apesar de me ajudares a comer saborosas empadas, quitutes apimentados e finos doces, com que as belas pagavam por vezes a minha assiduidade **amantética**, *tu exclamavas:*

— Fabrício! não convêm tais amores ao jovem de letras e de espírito. O estudante deve considerar o amor como um excitante que desperte e ateie as faculdades de sua alma: pode mesmo amar uma moça feia e estúpida, contanto que sua imaginação lha represente bela e espirituosa. Em amor a imaginação é tudo: é ardendo em chamas, é elevado nas asas de seus delírios que o mancebo se faz poeta por amor.

Eu então te respondia:

— Mas quando as chamas se apagam, e as asas dos delírios se desfazem, o poeta não tem, como eu, nem quitutes nem empadas.

E tu me tornavas:

— É porque ainda não experimentaste o que nos prepara o que se chama amor platônico, paixão romântica! Ainda não sentiste como é belo derramar-se a alma toda inteira de um jovem na carta abrasadora que escreve à sua adorada, e receber de troco uma alma de moça, derramada toda inteira em suas letras, que tantas mil vezes se beijam.

*Ora, esses derramamentos de alma bastante me assustavam; porque eu me lembro que em patologia se trata mui seriamente dos derramamentos**.

Mas tu prosseguias:

— E depois, como é sublime deitar-se o estudante no solitário leito e ver-se acompanhado pela imagem da bela que lhe vela no pensamento, ou despertar ao momento de ver-se em sonhos sorvendo-lhe nos lábios voluptuosos beijos!

Ainda esses argumentos não me convenciam suficientemente, porque eu pensava: primeiro, que essa

Amantética: amorosa.

*** Fabrício é irônico: O amor "derramado" de Augusto é comparado a uma hemorragia, isto é, uma doença.**

imagem que vela no pensamento, não será a melhor companhia possível para um estudante, principalmente quando ela lhe velasse na véspera de alguma sabatina; segundo, porque eu sempre acho muito mais apreciável sorver os beijos voluptuosos por entre postigos de uma janela do que sorvê-los em sonhos e acordar com água na boca: beijos por beijos, antes os reais que os sonhados.

Além disso, no teu sistema nunca se fala em empadas, doces, petiscos etc.; no meu eles aparecem e tu, apesar de romântico, nunca viraste as costas nem fizeste má cara a esses despojos de minhas batalhas.

Mas, enfim, maldita curiosidade de rapaz!... eu quis experimentar o amor platônico, e dirigindo-me certa noite ao Teatro São Pedro de Alcântara, disse entre mim: esta noite hei de ***entabular*** *um namoro romântico**.

Entabulei-o, sr. Augusto de uma figa!... entabulei-o, e quer saber como?... Saí fora do meu elemento e ***espichei-me*** *completamente. Estou em apuros.*

Eis o caso:

Nessa noite fui para a superior; eu ia entabular um namoro romântico; não podia ser de outro modo. Para ser tudo à romântica consegui entrar antes de todos; fui o primeiro a sentar-me quando ainda o lustre monstro não estava aceso; vi-o descer e subir depois, ornado e brilhante de luzes, vi se irem enchendo os camarotes; finalmente eu, que tinha estado no vácuo, achei-me no mundo: o teatro estava cheio. Consultei com meus botões como devia principiar; concluí que para portar-me romanticamente, deveria namorar alguma moça que estivesse na quarta ordem. Levantei os olhos, vi uma que olhava para o meu lado, e, então, pensei comigo mesmo: seja aquela!... Não sei se é bonita ou feia, mas que importa? Um romântico ***não cura*** *dessas futilidades. Tirei, pois, da casaca o meu lenço branco, para fingir que enxugava o suor, para abanar-me e, enfim, para fazer todas essas macaquices que eu ainda ignorava que estavam condenadas pelo Romantismo. Porém, oh infortúnio!... quando de novo olhei para o camarote, a moça tinha-se voltado*

Entabular: começar.

* O humor está presente na discussão dos dois tipos de amor: um real e outro idealizado.

Espichei-me: saí-me muito mal.

Não cura: não liga, não se preocupa.

completamente para a tribuna; tossi, tomei tabaco, assoei-me, espirrei e a pequena... nem caso; parecia que o negócio com ela não era. Começou a **ouverture** *e nada; levantou-se o pano, e ela voltou os olhos para a cena, sem olhar para o meu lado. Representou-se o primeiro ato... Tempo perdido. Veio o pano finalmente abaixo.*

— Agora sim, começará o nosso telégrafo a trabalhar — disse eu comigo mesmo —, erguendo-me para tornar-me mais saliente.

Porém, nova desgraça! Mal me tinha levantado, quando a moça ergueu-se por sua vez e retirou-se para dentro do camarote, sem dizer por que, nem por que não.

— Isso só pelo diabo!... — exclamei eu involuntariamente, batendo o pé com toda a força.

— O senhor está doido?! — disse-me... gemendo e fazendo uma careta horrível, o meu companheiro da esquerda.

— Não tenho que lhe dar satisfações — respondi-lhe amuado.

— Tem, sim senhor — retorquiu-me o sujeito —, empinando-se.

— Pois que lhe fiz eu então? — acudi, alterando-me.

— Acaba de pisar-me, com a maior força, no melhor calo do meu pé direito.

— Oh! senhor... queira perdoar!...

E dando mil desculpas ao homem, saí para fora do teatro, pensando no meu amor.

Confesso que deveria ter notado que a minha paixão começava debaixo de maus **auspícios***, mas a minha* **má fortuna***, ou melhor, os teus maus conselhos me empurravam para diante, com força de gigante.*

Sem pensar no que fazia, subi para os camarotes e fui dar comigo no corredor da quarta ordem; passei junto do camarote de minhas atenções: era o número três (número simbólico, cabalístico e fatal! repara que em tudo segui o Romantismo). A porta estava cerrada; fui ao fim do corredor e voltei de novo; um pensamento esquisito e singular acabava de me brilhar na mente, e abracei-me com ele.

Ouverture **(em francês):** termo usado para designar a música de abertura.

Auspícios: pressentimentos.

Má fortuna: má sorte.

Eu tinha visto junto à porta número três um moleque com todas as aparências de ser belíssimo **cravo da Índia**. *Ora, lembrava-me que nesse camarote a minha querida era a única que se achava vestida de branco e, pois, eu podia muito bem mandar-lhe um recado pelo qual me fizesse conhecido. E assim avancei para o moleque.*

Ah! maldito crioulo... estava-lhe o todo dizendo o para que servia!... Pinta na tua imaginação, Augusto, um crioulo de dezesseis anos, todo vestido de branco com uma cara mais negra e mais lustrosa do que um botim envernizado, tendo, além disso, dois olhos belos, grandes, vivíssimos e cuja **esclerótica** *era branca como o papel em que te escrevo, com lábios grossos e* **de nácar**, *ocultando duas ordens de finos e claros dentes, que fariam inveja a uma baiana; dá-lhe a ligeireza, a inquietação e rapidez de movimentos de um macaco e terás feito ideia desse diabo de* **azeviche**, *que se chama Tobias.*

Não me foi preciso chamá-lo: bastou um movimento de olhos para que o Tobias viesse a mim, rindo-se desavergonhadamente. Levei-o para um canto.

— Tu pertences àquelas senhoras que estão no camarote, a cuja porta te encostavas?... — perguntei.

— Sim, senhor — me respondeu ele —, e elas moram na Rua de... número... ao lado esquerdo de quem vai para cima.

— E quem são?...

— São duas filhas de uma senhora viúva, que também aí está, e que se chama a Ilma. sra. d. Luísa. O meu defunto senhor era negociante e o pai de minha senhora é padre.

— Como se chama a senhora que está vestida de branco?

— A sra. d. Joana... tem dezessete anos, e morre por casar.

— Quem te disse isso?...

— Pelos olhos se conhece quem tem lombrigas, meu senhor!...

— Como te chamas?

Cravo da Índia: **expressão de gíria da época que designava um escravo ou um moleque de recados.**

Esclerótica: membrana externa do olho.

De nácar: rosados.

Azeviche: carvão. A descrição que o narrador faz do escravo revela o tratamento pejorativo dado aos negros naquela época.

— Tobias, escravo de meu senhor, crioulo de qualidade, fiel como um cão e vivo como um gato.

O maldito do crioulo era um clássico a falar português. Eu continuei:

— Hás de me levar um recado à sra. d. Joana.

— Pronto, **lesto** *e agudo — respondeu-me o moleque.*

— Pois toma sentido.

— Não precisa dizer duas vezes.

— Ouve. Das duas uma: ou poderás falar com ela hoje, ou só amanhã...

*— Hoje... agora mesmo. Nessas coisas Tobias não cochila: com licença de meu senhor, eu cá sou doutor nisso; meus parceiros me chamam orelha de cesto, pé de coelho e boca de taramela**. *Vá dizendo o que quiser, que em menos de dez minutos minha senhora saberá tudo; o recado de meu senhor é uma carambola que, batendo no meu ouvido vai logo bater no da senhora d. Joaninha.*

— Pois dize-lhe que o moço que se sentar na última cadeira da quarta coluna da superior, que assoar-se com um lenço de seda verde, quando ela para ele olhar, se acha loucamente apaixonado de sua beleza etc., etc., etc.

— Sim, senhor, eu já sei o que se diz nessas ocasiões: o discurso fica por minha conta.

— E amanhã, ao anoitecer, espera-me na porta de tua casa.

— Pronto, lesto e agudo — repetiu de novo o crioulo.

— Eu recompensar-te-ei, se fores fiel.

— Mais pronto, mais lesto e mais agudo!

— Por agora toma estes cobres.

— Oh, meu senhor! prontíssimo, lestíssimo e agudíssimo.

Voltei à sala do teatro, não sem admirar a viveza, experiência e talento do maldito crioulo.

Ignoro de que meios se serviu o Tobias para executar sua comissão. O que sei é que antes de começar o segundo ato já eu havia feito o sinal, e então comecei a pôr em ação toda a mímica amantética que me lembrou: o

Lesto: rápido.

*** Tobias gaba aqui as qualidades de alcoviteiro: ouvidos atentos, rapidez e sigilo.**

namoro estava entabulado; embora a moça não correspondesse aos sinais do meu telégrafo, concedendo-me apenas amiudados e curiosos olhares, isso era já muito para quem a via pela primeira vez.

Finalmente, sr. Augusto dos meus pecados, o negócio adiantou-se e, hoje, tarde me arrependo e não sei como me livre de semelhante **entaladela**, pois o Tobias não me sai da porta. Já não tenho tempo de exercer o meu classismo; há três meses que não como empadas e, apesar de minhas economias, ando sempre **com as algibeiras a tocar matinas**. Para maior martírio a minha querida é a sra. Joana, prima de Filipe.

Para compreenderes bem o quanto sofro, aqui te escrevo algumas das principais exigências da minha amada romântica.

Primeiro — Devo passar por defronte de sua casa duas vezes de manhã e duas à tarde. Aqui, vês bem, principia a minha vergonha, pois não há pela vizinhança gordurento caixeirinho que se não ria nas minhas barbas quatro vezes por dia.

Segundo — Devo escrever-lhe, pelo menos, quatro cartas por semana, em papel bordado, de custo de quatrocentos réis a folha. Ora, isso é detestável, porque eu não sei onde vá buscar mais cruzados para comprar papel, nem mais asneiras para lhe escrever.

Terceiro — Devo tratá-la por "minha linda prima" e ela a mim por "querido primo". Daqui concluo que a sra. d. Joana leu o **Faublas**. Boa recomendação!...

Quarto — Devo ir ao teatro sempre que ela for, o que sucede quatro vezes no mês; o mesmo a respeito de bailes. Essa despesa arrasa-me a mesada terrivelmente.

Quinto — Ao teatro e bailes devo levar no pescoço um lenço ou **manta** da cor da fita que ela porá em seu vestido ou no cabelo, o que, com antecedência, me é participado. Isso é um despotismo detestável.

Finalmente, ela quer governar os meus cabelos, as minhas barbas, a cor de meus lenços, a minha casaca, a minha bengala, os botins que calço e, por último,

Entaladela: complicação, enrascada.

Com as algibeiras a tocar matinas: expressão popular que significa "com os bolsos vazios".

Faublas: referência ao livro *Amores do cavaleiro de Faublas*, de Louvet de Couvray, que trata de costumes amorosos do século XVIII.

Manta: tira de seda ou lã que os homens enrolam ao pescoço, servindo-lhes de gravata.

ordenou-me que não fumasse charutos de Havana nem de Manilha, porque era isso falta de patriotismo.

Para bem rematar o quadro das desgraças que me sobrevieram com a tal paixão romântica que me aconselhaste, d. Joana, dir-te-ei, mostra amar-me com extremo, e, no meio de seus caprichos de menina, dá-me prova do mais constante e desvelado amor; mas que importa isso, se eu não posso pagar-lhe com gratidão?... Vocês com seu romantismo a que me não posso acomodar, a chamariam "pálida". Eu, que sou clássico em corpo e alma e que, portanto, dou às coisas o seu verdadeiro nome, a chamarei sempre "amarela".

*Malditos românticos, que têm crismado tudo e trocado em seu crismar os nomes que melhor exprimem suas ideias!... O que outrora se chamava, em bom português, moça feia, os reformadores dizem: menina simpática!... O que em uma moça era antigamente desenxabimento, hoje é ao contrário: sublime languidez!... Já não há mais meninas importunas e vaidosas. As que forem, chamam-se agora espirituosas! A escola dos românticos reformou tudo isso, em consideração ao belo sexo**.

E eu, apesar dos tratos que dou à minha imaginação, não posso deixar de convencer-me que a minha linda prima é (aqui para nós) amarela e feia como uma convalescente de febres perniciosas.

O que, porém, se torna sobretudo insofrível é o despotismo que exerce sobre mim o brejeiro do Tobias!...

Entende que todos os dias lhe devo dar dinheiro e persegue-me de maneira tal que, para ver-me livre dele, escorrego-lhe **cum quibus** *a despeito da minha má vontade. O Tobias está no caso de muitos que, grandes e excelentes parladores, são péssimos financeiros na prática. Como eles fazem ao país, faz Tobias comigo, que sempre depois de longo discurso me apresenta um déficit e pede-me um crédito suplementar.*

Eis aqui, meu Augusto, o lamentável estado em que me acho. Lembra-te que foram os teus conselhos que me obrigaram a experimentar uma paixão romântica; portanto, não só por amizade, como por dever, conto que me ajudarás no que te vou propor.

*** De fato, uma das características do Romantismo é a idealização da mulher, tratada com humor, nesse momento, pelo autor.**

***Cum quibus* (em latim): expressão que significa "com os quais"; também é usada como referência a dinheiro.**

Eu preciso de um pretexto mais ou menos razoável para descartar-me de tal pálida.

Ela vai passar conosco dois dias na Ilha de... Aí podemos levar a efeito, e com facilidade, o meu plano: ele é de simples compreensão e de fácil execução.

Tu deverás requestar, principalmente à minha vista, a tal minha querida. Ainda que ela não te corresponda, persegue-a. Não te custará muito isso, pois que é o teu costume. Nisso se limita o teu trabalho, e começará então o meu, que é mais importante.

Ver-me-ás enfadado, talvez que te trate com rispidez, e que te dirija alguma graça pesada, mas não farás caso e continuarás com a requesta para diante.

Eu então irei às nuvens... Desesperado, ciumento e delirante, aproveitarei o primeiro instante em que estiver a sós com d. Joaninha, e farei um discurso forte e eloquente contra a inconstância e volubilidade das mulheres. No meio de meus transportes, dou-me por despedido de meus amores com ela, e, pulando fora de tal paixão romântica, correrei a apertar-te contra meu peito, como teu amigo e colega do coração — Fabrício.

— E essa!... — exclamou Augusto, depondo a carta sobre a mesa e sorvendo uma boa pitada de rapé de Lisboa*****. — E essa!...

Acabando de sorver a pitada, o nosso estudante desatou a rir como um doido. Rir-se-ia a noite inteira talvez, se não fosse interrompido pelo Rafael, que o vinha chamar para tomar chá.

*** Era hábito dos homens de sociedade aspirar pitadas de rapé (espécie de fumo).**

Batelão: tipo de embarcação.

Palinuro: termo poético, não usado hoje, que significa piloto ou guia.

3. MANHÃ DE SÁBADO

Seriam pouco mais ou menos onze horas da manhã, quando o **batelão** de Augusto abordou à Ilha de... Embarcando às dez horas, ele designou ao seu **palinuro** o lugar a que se destinava, e deitou-se para ler mais à vontade o *Jornal do Comércio*. Soprava vento fresco e, muito antes do que supunha, Augusto ergueu-se, ouvindo a voz de Leopoldo que o esperava na praia.

— Bem-vindo sejas, Augusto. Não sabes o que tens perdido...

— Então... muita gente, Leopoldo?

— Não: pouca; mas escolhida.

No entanto, Augusto pagou, despediu o seu bateleiro, que se foi remando e cantando com seus companheiros. Leopoldo deu-lhe o braço, e, enquanto por uma bela avenida, orlada de coqueiros, se dirigiam à elegante casa que lhes ficava a trinta braças do mar, o curioso estudante recém-chegado examinava o lindo quadro que a seus olhos tinha e do qual, para não sermos prolixos, daremos ideia em duas palavras. A Ilha de... é tão pitoresca como pequena. A casa da avó de Filipe ocupa exatamente o centro dela. A avenida por onde iam os estudantes a divide em duas metades, das quais a que fica à esquerda de quem desembarca está simetricamente coberta de belos arvoredos, estimáveis ou pelos frutos de que se carregam, ou pelo aspecto curioso que oferecem. A que fica à mão direita é mais notável ainda: fechada do lado do mar por uma longa fila de rochedos, e no interior da ilha por negras grades de ferro, está adornada de mil flores, sempre brilhantes e viçosas, graças à eterna primavera desta nossa boa terra de Santa Cruz*****. De tudo isso se conclui que a avó de Filipe tem no lado direito de sua casa um pomar e no esquerdo um jardim.

E fizemos muito bem em concluir depressa, porque Filipe acaba de receber Augusto com todas as demonstrações de sincero prazer e o faz entrar imediatamente para a sala.

Agora, outras duas palavras sobre a casa: imagine-se uma elegante sala de cinquenta palmos em quadro; aos lados dela dois gabinetes proporcionalmente espaçosos, dos quais um, o do lado esquerdo, pelos aromas

*** Outra característica romântica: a exaltação da natureza brasileira.**

que exala, espelhos que brilham, e um não sei quê de insinuante, está dizendo que é o gabinete das moças. Imagine-se mais, fazendo frente para o mar e em toda a extensão da sala e dos gabinetes, uma varanda terminada em arcos; no interior meia dúzia de quartos; depois uma alegre e longa sala de jantar, com janelas e portas para o pomar e jardim, e ter-se-á feito da casa a ideia que precisamos dar.

Pois bem; Augusto apresentou-se. A sala estava ornada com boa dúzia de jovens interessantes: pareceu ao estudante um jardim cheio de flores ou o céu semeado de estrelas. Verdade seja que, entre esses *orgulhos* da idade presente, havia também algumas rugosas representantes do tempo passado; porém isso ainda mais lhe sanciona a propriedade da comparação, porque há muitas rosas murchas nos jardins e estrelas quase obscuras no firmamento.

Filipe apresentou o seu amigo à sua digna avó, e a todas as outras pessoas que aí se achavam. Não há remédio senão dizer alguma coisa sobre elas.

A sra. d. Ana, esse é o nome da avó de Filipe, é uma **senhora de espírito** e alguma instrução. Em consideração a seus sessenta anos, ela dispensa tudo quanto se poderia dizer sobre o seu físico. Em suma, cheia de bondade e de agrado, ela recebe a todos com o sorriso nos lábios: seu coração, pode-se talvez dizer o templo da amizade, cujo mais nobre altar é exclusivamente consagrado à querida neta, irmã de Filipe; e ainda mais, seu afeto para com essa menina não se limita à doçura da amizade; vai ao ardor da paixão. Perdendo seus pais quando apenas contava oito anos, a inocente criança tinha, assim como Filipe, achado no seio da melhor das avós toda a ternura de sua extremosa mãe.

Ao lado da sra. d. Ana estavam duas jovens, cujos nomes se adivinharão facilmente: uma é a *pálida*, a outra, a *loira*. São as primas de Filipe.

Ambas são bonitinhas; mas, para Augusto, d. Quinquina tem as feições mais regulares, achou-lhe mesmo

Senhora de espírito: senhora espirituosa, que faz graça com inteligência.

muita harmonia nos cabelos loiros, olhos azuis e faces coradas, confessando, todavia, que as negras madeixas e o rosto romântico de d. Joaninha fizeram-lhe uma brecha terrível no coração.

Além dessas, algumas outras senhoras aí estavam, valendo bem a pena de se olhar para elas meia hora sem pestanejar. Toda a dificuldade, porém, está em pintar aquela mocinha que acaba de sentar-se pela sexta vez, depois que Augusto entrou na sala: é a irmã de Filipe. Que beija-flor! Há cinco minutos que Augusto entrou e em tão curto espaço já ela sentou-se em seis diferentes cadeiras, desfolhou um lindo **pendão de rosas**, derramou no chapéu de Leopoldo mais de duas **onças** de água-de-colônia de um vidro que estava sobre um dos aparadores, fez chorar uma criança, deu um beliscão em Filipe, e Augusto a surpreendeu fazendo-lhe caretas; travessa, inconsequente e às vezes engraçada; viva, curiosa e em algumas ocasiões impertinente. O nosso estudante não pode dizer com precisão nem o que ela é, nem o que não é: acha-a **estouvada**, caprichosa e mesmo feia, e pretende tratá-la com seriedade e estudo para nem desgostar a dona da casa, nem se sujeitar a sofrer as impertinências e travessuras que a todo o momento a vê praticar com os outros*****. Enfim, para acabar de uma vez essa já longa conta das senhoras que se achavam na sala, diremos que aí se notavam também duas velhas amigas da dona da casa. Uma, que só se entreteve, se entretém e se há de entreter em admirar a graça e encantos de duas filhas que consigo trouxera; e outra, que pertence ao gênero daquelas que nas sociedades agarram num pobre homem, sentam-no ao pé de si, e, maçando-o duas e três horas com enfadonhas e intermináveis dissertações, finalmente o largam, supondo que lhe têm feito grande honra e dado o maior prazer.

Quanto aos homens... Não vale a pena!... vamos adiante******.

Essas observações que aqui vamos oferecendo fez também Augusto consigo mesmo, durante o tempo

Pendão de rosas: haste que sustenta as rosas.

Onças: unidade de capacidade usada ainda hoje em alguns países (não mais no Brasil), que corresponde a 29 ml aproximadamente.

Estouvada: travessa, bagunceira.

* A descrição da Moreninha — travessa, desconcertando o galante Augusto — tem a intenção de criar expectativa para o que irá acontecer com as duas personagens.

** Note como aqui há identificação entre o olhar de Augusto e o do narrador, ambos atentos apenas às mulheres.

que gastou em endereçar seus cumprimentos e dizer todas essas coisas muito banais, e já muito **cediças**, mas que se dizem sempre de parte a parte, com obrigado sorrir nos lábios e indiferença no coração. Concluída essa verdadeira **maçada** e reparando que todos tratavam de conversar, para melhor passar as horas e esperar a do jantar*, ele voltou o rosto com vistas de achar uma cadeira desocupada junto de algumas daquelas moças; porém, ó **mofina** do pobre estudante! Ó intempestivo castigo dos seus maiores pecados!... a segunda das duas velhas, de quem há pouco se tratou, estendeu a mão e chamou-o, mostrando com o dedo carregado de anéis um lugar livre junto dela.

Não havia remédio; era preciso sofrer, com os olhos enxutos e o prazer na face, o martírio que se lhe oferecia. Augusto sentou-se ao pé da sra. d. Violante.

Ela lançou-lhe um olhar de bondade e proteção, e ele abaixou os olhos, porque os de d. Violante são terrivelmente feios e os do estudante não se podem demorar por muito tempo sobre espelho de tal qualidade.

— Adivinho — disse ela, com certo ar de ironia — que lhe está pesando demais o sacrifício de perder alguns momentos conversando com uma velha.

— Oh, minha senhora! — respondeu o moço — as palavras de V.Sa. fazem grande injustiça a si própria e a mim também: a mim, porque me faz bem cheio de rudeza e mau gosto; a si, porque, se um cego as ouvisse, certo que não faria ideia do vigor e da...

— Olhem como ele é lisonjeiro!... — exclamou a velha, batendo levemente com o leque no ombro do estudante, acompanhando essa ação com uma terrível olhadura, rindo-se com tão particular estudo, que mostrava dois únicos dentes que lhe restavam.

Augusto olhou fixamente para ela e conheceu que na verdade se havia adiantado muito. D. Violante era horrivelmente horrenda, e, com sessenta anos de idade, apresentava um carão capaz de desmamar a mais emperrada criança**.

Cediças: antiquadas.

Maçada: chateação, aborrecimento.

*** Era hábito na classe alta levantar-se às nove horas, almoçar às dez, jantar às quinze ou dezesseis e tomar chá às vinte; eventualmente, em reuniões sociais, havia a ceia à noite.**

Mofina: infeliz.

**** A caracterização de d. Violante é uma caricatura, isto é, uma descrição baseada em características grotescas; esse é um dos recursos de humor de que se vale o autor.**

A conversação continuou por uma boa hora; o aborrecimento, o tédio do estudante chegou a ponto de fazê-lo arrepender-se de ter vindo à Ilha de... Três vezes tentou levantar-se; mas d. Violante sempre tinha novas coisas a dizer: falou-lhe sobre a sua mocidade... seus pais, seus amores, seu tempo, seu finado marido, sua esterilidade, seus rendimentos, seu papagaio, e até sobre suas galinhas. Ah! falou mais que um deputado da oposição, quando se discute o voto de graças. Finalmente, parou um instante, talvez para respirar, e para começar novo ataque de maçada. Augusto quis aproveitar-se da intermitência: estava desesperado, e pela quarta vez ergueu-se.

— Com licença de V.Sa. ...

— Nada! — disse a velha, detendo-se e apertando-lhe a mão — eu ainda tenho muito que dizer-lhe.

— Muito que dizer?... — balbuciou o estudante automaticamente, e deixando-se cair sobre a cadeira, como fulminado por um raio.

— O senhor está incomodado?... — perguntou d. Violante, com toda a ingenuidade.

— Eu... eu estou às ordens de V.Sa.

— Ah! vê-se que a sua delicadeza iguala a sua bondade — continuou ela com acento meio açucarado e terno.

"Oh, castigo de meus pecados!..." pensou Augusto consigo. "Querem ver que a velha está namorada de mim?!!!", e recuou sua cadeira meio palmo para longe dela.

— Não fuja... — prosseguiu d. Violante, arrastando por sua vez sua cadeira até encostá-la à do estudante — não fuja... eu quero dizer-lhe coisas que não é preciso que os outros ouçam.

"E então?", pensou de novo Augusto, "fiz ou não uma galante conquista!...". E suava suores frios.

— O senhor está no quinto ano de medicina?...

— Sim, minha senhora.

— Já cura?

— Não, minha senhora.

— Pois eu desejava referir-lhe certos incômodos que sofro, para que o senhor me dissesse que moléstia padeço e que tratamento me convém.

— Mas... minha senhora... eu ainda não sou médico e só no caso de urgente necessidade me atreveria...

— Eu tenho inteira confiança no senhor: me parece que é o único capaz de acertar com a minha enfermidade.

— Mas ali está um estudante do sexto ano...

— Eu quero o senhor mesmo.

— Pois, minha senhora, eu estou pronto para ouvi-la; porém julgo que o tempo e o lugar são pouco oportunos...

— Nada... há de ser agora mesmo.

Ah!... A boa da velha falou e tornou a falar. Eram duas horas da tarde e ela ainda dava conta de todos os seus costumes, de sua vida inteira; enfim, foi uma relação de comemorativos, como nunca mais ouvirá o nosso estudante. Às vezes Augusto olhava para seus companheiros e os via alegremente praticando com as belas senhoras que abrilhantavam a sala, enquanto ele se via obrigado a ouvir a mais insuportável de todas as histórias. Daqui e de certos fenômenos que acusava a macista, nasceu-lhe o desejo de tomar uma vingançazinha. Firme nesse propósito, esperou com paciência que d. Violante fizesse ponto final, bem determinado a esmagá-la com o peso de seu diagnóstico, e ainda mais com o tratamento que tencionava prescrever-lhe.

Às duas horas e meia a oradora terminou o seu discurso, dizendo:

— Agora quero que, com toda a sinceridade, me diga se conhece a minha enfermidade e o que devo fazer.

— Então V.Sa. dá-me licença para falar com toda a sinceridade?

— Eu exijo.

— Pois, minha senhora, atendendo a tudo quanto ouvi, e principalmente a esses últimos incômodos, que tão amiúde sofre, e de que mais se queixa, como tonteiras, dores no ventre, calafrios, certas dificuldades, esse peso dos lombos etc., concluo, e todo o mundo médico concluirá comigo, que V.Sa. padece de...

— Diga... não tenha medo.

— Hemorroidas.

D. Violante fez-se vermelha como um pimentão, horrível como a mais horrível das **fúrias**, encarou o estudante com despeito, e, fixando nele seus tristíssimos olhos furtacores, perguntou:

Fúrias: divindades femininas da mitologia grega; as fúrias personificavam a sede de justiça e de vingança e eram representadas como mulheres com uma aparência pavorosa, prontas a atormentar os culpados.

— O que foi que disse, senhor?

— Hemorroidas, minha senhora.

Ela soltou uma risada sarcástica.

— V.Sa. quer que lhe prescreva o tratamento conveniente?...

— Menino — respondeu com mau humor —, tome o meu conselho: outro ofício; o senhor não nasceu para médico.

— Sinto ter desmerecido o agrado de V.Sa. por tão insignificante motivo. Rogo-lhe que me desculpe, mas eu julguei dever dizer o que entendia.

Isso dizendo, o estudante ergueu-se; a velha já não fez o menor movimento para o demorar, e vendo-o deixá-la, disse em tom profético:

— Esse não nasceu para a medicina!*

Mas Augusto, afastando-se de d. Violante, dava graças ao poder de seu diagnóstico e **augurava muito bem** de seu futuro médico, pela grande vitória que acabava de alcançar.

— Agora sim — disse ele com os seus botões —, vou recuperar o tempo perdido — e procurava uma cadeira, cuja vizinhança lhe conviesse.

A digna **hóspeda** compreendeu perfeitamente os desejos do estudante, pois, mostrando-lhe um lugar junto de sua neta, disse:

— Aquela menina lhe poderá divertir alguns instantes.

— Mas, minha avó — exclamou a menina com prontidão —, até o dia de hoje ainda não me supus boneca.

— Menina!...

— Contudo, eu serei bem feliz se puder fazer com que o senhor... o senhor...

— Augusto, minha senhora...

— O sr. Augusto passe junto a mim momentos tão agradáveis, como lhe foram as horas que gozou ao pé da sra. d. Violante.

Augusto gostou da ironia, e já se dispunha a travar conversação com a menina travessa, quando Fabrício se chegou a eles e disse a Augusto:

*** O episódio de Augusto e d. Violante tem o tom de piada. Observe a vivacidade do diálogo, que mostra a habilidade do autor em criar cenas humorísticas, um talento que lhe será muito útil na sua obra teatral.**

Augurava muito bem: tinha bom pressentimento.

Hóspeda: hóspede. Essa forma do feminino não é usada hoje em dia.

— Tu me deves dar uma palavra.

— Creio que não é preciso que seja imediatamente.

— Se a sra. d. Carolina o permitisse, eu estimaria falar-te já.

— Por mim não seja... — disse a menina erguendo-se.

— Não, minha senhora, eu o ouvirei mais tarde — acudiu Augusto, querendo retê-la.

— Nada... não quero que o sr. Fabrício me olhe com maus olhos... Além de que, eu devo ir apressar o jantar, pois leio no seu rosto que a conversação que teve com a sra. d. Violante, quando mais não desse, ao menos produziu-lhe muito apetite... mesmo um apetite de... de...

— Acabe.

— De estudante.

E, mal o disse, a travessa moreninha correu para fora da sala.

4. FALTA DE CONDESCENDÊNCIA

Fabrício acaba de cometer um grave erro, que para ele será de más consequências. Quem pede e quer ser servido, deve medir bem o tempo, o lugar e as circunstâncias, e Fabrício não soube conhecer que o tempo, o lugar e as circunstâncias lhe eram completamente desfavoráveis. Vai exigir que Augusto o ajude a forjar cruel cilada contra uma jovem de dezessete anos, cujo único delito é ter sabido amar o ingrato com exagerado extremo. Ora, para conseguir semelhante **torpeza**, preciso seria que Fabrício aproveitasse um momento de loucura, um desses instantes de capricho e de delírio em que Augusto pensasse que ferir a fibra mais sensível e vibrante do coração da mulher, a fibra do amor, não é um crime, não é pelo menos louca e repreensível leviandade, é apenas perdoável e interessante divertimento de

Torpeza: indignidade.

rapazes; e nessa hora não podia Augusto raciocinar tão indignamente. Ainda quando não houvesse nele muita generosidade, estava para desarmá-lo o poder indizível da inocência, o poderoso magnetismo de vinte olhos belos como o planeta do dia, a influência cativadora da formosura em botão, da beleza virgem ainda, de um anjo, enfim, porque é símbolo de um anjo a virgindade de uma jovem bela.

Mas Fabrício **olvidou** tudo, e mal, sem dúvida, terá de sair de seu empenho com tantas contrariedades; o tempo não lhe é propício, porque Augusto começa a sentir todos os sintomas de apetite devorador. Ora, um rapaz, e principalmente um estudante com fome, aborrece-se de tudo, principalmente do que lhe cheira a maçada. O lugar não menos lhe era desfavorável, porque, diante de um **ranchinho** de belas moças, quem poderá tramar contra o sossego delas?... Então Augusto, que era dos tais que por semelhante povo são como formiga por açúcar, macaco por banana, criança por campainha... e ele tinha razão! Por último, as circunstâncias também contrariavam Fabrício, pois a sra. d. Violante havia tido o poder de esgotar toda a elástica paciência do pobre estudante, que não acharia nem mais uma só dose homeopática desse tão necessário confortativo para despender com o novo macista.

Fabrício tomou, pois, o braço de Augusto e ambos saíram da sala, este com vivos sinais de impaciência, o primeiro com ares de quem ia tratar importante negócio.

A inocente d. Joaninha os acompanhou com os olhos e riu-se brandamente, encontrando os de Fabrício, que teve ainda bastante audácia para fingir um sorriso de gratidão.

Eles se dirigiram ao gabinete do lado direito da sala, o qual fora destinado para os homens; e, entrando, fechou Fabrício a porta sobre si, para se achar em toda liberdade. Enfim, estavam sós. Voltados um para o outro, guardavam alguns momentos de silêncio. Foi Augusto que teve de rompê-lo...

Olvidou: esqueceu.

Ranchinho: grupinho.

— Então, ficamos a jogar o siso?...

— Espero a tua resposta — disse Fabrício.

— Ainda não me perguntaste nada — respondeu o outro.

— A minha carta?...

— Eu a li... sim, tive a enorme paciência de lê-la toda.

— E então?...

— Então o quê, homem?...

— A resposta?...

— Aquilo não tem resposta.

— Ora, deixa-te disso; vamos **mangar** com a moça.

— Tu estás doido, Fabrício.

— Por tua culpa, Augusto.

— Pois então cuidas que o amor de uma senhora deva ser a peteca com que se divirtam dois estudantes?...

— Quem é que te fala em peteca?... Pelo contrário, o que eu quero é desgrudar-me do fatal contrabando.

— Não! a pesar teu, deves respeitar e cultivar o nobre sentimento que te liga a d. Joaninha. Que se diria do teu procedimento, se depois de trazeres uma moça toda cheia de amor e fé na tua constância, por espaço de três meses, a desprezasses sem a menor aparência de razão, sem a mais pequena desculpa?...

— Então tu, com o teu sistema de...

— Eu desengano: previno a todas que as minhas paixões têm apenas horas de vida, e tu, como os outros, juras amor eterno.

— Estou desconhecendo-te, Augusto. Sempre te achei com juízo e bom conceito e agora temo muito que estejas com princípios de alienação mental! Explica-me, por quem és, que súbito acesso de moralidade é esse que tanto te perturba.

— Isso, Fabrício, chama-se inspiração dos bons costumes.

— Bravo! bravo! foi muito bem respondido, mas, palavra de honra, que tenho dó de ti! Vejo que em matéria da natureza da de que tratamos estás tão atrasado,

Mangar: zombar.

como eu em fazer sonetos. Apesar de todo o teu romantismo ou, talvez, principalmente por causa dele, não vês o que se passa a duas polegadas do nariz. Pois, meu amigo, quero te dizer: a teoria do amor do nosso tempo aplaude e aconselha o meu procedimento; tu verás que eu estou na regra, porque as moças têm ultimamente **tomado por mote** de todos os seus apaixonados extremos, ternos afetos e gratos requebros, estes três **infinitos** de verbos: iscar, pescar e casar. Ora, bem vês que, para contrabalançar tão parlamentares e viciosas disposições, nós, os rapazes, não podíamos deixar de inscrever por divisa em nossos escudos os infinitos destes três outros verbos: fingir, rir e fugir. Portanto, segue-se que estou encadernado nos axiomas da ciência*****.

— Com efeito!... não te supunha tão adiantado!

— Pois que dúvida? Para viver-se vida boa e livre é preciso andar com o olho aberto e o pé ligeiro. Então as tais sujeitinhas que, com a felicidade e indústria com que a aranha prende a mosca na teia, são capazes de tecer de repente, com os olhares, sorrisos, palavrinhas doces, suspiros a tempo, **medeixes** aproximando-se, zelos afetados e **arrufos** com sal e pimenta, uma armadilha tão emaranhada que, se o papagaio é tolo e não voa logo, mete por força o pé no laço e **adeus minhas encomendas**, **fica de gaiola** para todo o resto de seus dias... E, portanto, meu Augusto, deixa-te de insípidos escrúpulos e ajuda-me a sair dos apuros em que me vejo.

— Torno a dizer-te que estás doido, Fabrício, pois que me acreditas capaz de servir de instrumento para um enredo... uma verdadeira traição. Então, que pensas? Eu requestaria d. Joaninha, não é assim?... Tu a deixavas, fingindo ciúmes, e depois quem me livraria dos apertos em que necessariamente tinha de ficar?...

— Ora, isso não te custava cinco minutos de trabalho: tu... inconstante por índole e por sistema!

— Fabrício, deixa-te de asneiras; já que te meteste nisso, avante! Além de que d. Joaninha é um **peixão**.

— Oh! oh! oh!... uma desenxabida.

Tomado por mote: tomado por princípio, por lema.

Infinitos: infinitivos.

***** O autor aponta para um problema social: as moças querem se casar, mas os rapazes querem fugir ao compromisso; na verdade as moças sabem que representam um meio de ascensão social para os rapazes por causa do dote.

Medeixes: palavra formada por me + deixes (do verbo deixar), que significa desprezos fingidos, esquivanças.

Arrufos: mágoas ou zangas passageiras.

Adeus minhas encomendas: expressão da época que significa "adeus de uma vez".

Fica de gaiola: fica engaiolado, preso.

Peixão: mulher muito atraente.

— Que blasfêmia!

— Além disso é impossível... não posso suportar o peso: escrever quatro cartas por semana... Só o talento que é preciso para inventar asneiras e mentiras dezesseis vezes por mês!... e depois, o Tobias...

— Puxa-lhe as orelhas.

— Como?... se ele é a cria de d. Joaninha, o **alfenim** da casa, o São Benedito da família!...

— Não sei, meu amigo, arranja-te como puderes.

— Lembra-te que foste a causa principal de tudo isso.

— Quem?... eu?... eu apenas te disse que não sabias o gosto que tinha o amor à moderna.

— Pois bem, saí do meu elemento, fui experimentar a paixão romântica... aí a tem!... a tal paixãozinha me esgotou já paciência, juízo e dinheiro. Não a quero mais.

— Tu sempre foste um papa-empadas.

— Sim, e há dois meses que não sei o que é cheiro delas. Anda, meu Augustozinho, ajuda-me!

— Não posso e não devo.

— Vê lá o que dizes!

— Tenho dito.

— Augusto!

— Agora digo mais que não quero.

— Olha que te hás de arrepender!

— Essa é melhor!... pretendes meter-me medo?...

— Eu sou capaz de vingar-me.

— Desafio-te a isso.

— Desacredito-te na opinião das moças.

— É um meio de tornar-me objeto de suas atenções. Peço-te que o faças.

— Descubro e analiso o teu sistema de iludir a todas.

— Tornar-me-ás interessante a seus olhos.

— Direi que és um bandoleiro.

— Melhor, elas farão por tornar-me constante.

— Mostrarei que a tua moral a respeito de amor é a pior possível.

— Ótimo!... elas se esforçarão por fazê-la boa.

Alfenim: doce muito delicado. Aqui o termo se refere a pessoa muito especial, intocável.

— Hei de, nesses dois dias, atrapalhar-te continuamente.

— Bravo!... não contava divertir-me tanto!

— Então tu teimas no teu propósito?...

— Pois, se é precisamente agora que estou vendo os bons resultados que ele me promete!

— Portanto... esses dois dias, guerra!

— Bravíssimo, meu Fabrício; guerra!

— Antecipo-te que o meu primeiro ataque terá lugar durante o jantar.

— Oh! por milhares de razões, tomara eu que chegasse a hora dele!...

— Augusto, até o jantar!

— Fabrício, até o jantar!

Nesse momento Filipe abriu a porta do gabinete e, dirigindo-se aos dois, disse:

— Vamos jantar.*

5. JANTAR CONVERSADO

Ao escutar aquele aviso animador que, repetido pela boca de Filipe, tinha chegado até o gabinete onde conversavam Augusto e Fabrício, raios de alegria brilhavam em todos os semblantes. Cada cavalheiro deu o braço a uma senhora e, par a par, se dirigiram para a sala de jantar. Eram, entre senhoras e homens, vinte e seis pessoas.

Coube a Augusto a glória de ficar entre d. Quinquina, que lhe dera a honra de aceitar seu braço direito, e uma jovem de quinze anos, cuja cintura se podia abraçar completamente com as mãos. Um velho alemão ficava à esquerda dela e, sem vaidade, podia Augusto afirmar que d. Clementina prestava mais atenção a ele que ao **jagodes**, que, também, a falar a verdade, por seu turno mais se importava com o copo que com a moça.

*** Observe a vivacidade desse longo diálogo, sem nenhuma interferência do narrador, como se fosse uma cena de teatro.**

Jagodes: indivíduo vulgar ou medíocre.

D. Quinquina (como a chamam suas amigas) conversa sofrível e sentimentalmente: é meiga, terna, **pudibunda**, e mostra ser muito modesta. Seu moral é belo e lânguido como seu rosto; um apurado observador, por mais que contra ela se dispusesse, não passaria de classificá-la entre as sonsas. D. Clementina pertencia, decididamente, a outro gênero: o que ela é lhe estão dizendo dois olhos vivos e perspicazes e um sorriso que lhe está tão assíduo nos lábios, como o copo de vinho nos do alemão. D. Clementina é um epigrama interminável; não poupa a melhor de suas camaradas: sua vivacidade e espírito se empregam sempre em descobrir e patentear nas outras as melhores brechas, para abatê-las na opinião dos homens com quem **pratica**.

Durante as **primeiras cobertas** ela dissertou maravilhosamente acerca de suas companheiras. Maliciosa e picante, lançou sobre elas o ridículo, que manejava, e os sorrisos de Augusto, que com destreza desafiava. As únicas que lhe haviam escapado eram d. Quinquina, provavelmente por ficar-lhe muito vizinha, e a irmã de Filipe, que estava defronte ou como é moda dizer — ***vis-à-vis***. Augusto quis provocar os tiros de d. Clementina contra aquela menina impertinente, que tão pouco lhe agradava.

— E que pensa V.Sa. dessa jovem senhora que está defronte de nós? — perguntou ele em voz baixa.

— Quem?... a Moreninha?... — respondeu ela no mesmo tom.

— Falo da irmã de Filipe, minha senhora.

— Sim... todos nós gostamos de chamá-la a Moreninha. Essa...

— Acabe d. Clementina — disse a irmã de Filipe que, fingindo antes não prestar atenção ao que conversavam os dois, acabava de fixar de repente na terrível cronista dois olhares penetrantes e irresistíveis.

Parecia que uma luta interessante ia ter lugar; as duas adversárias mostravam-se ambas fortes e

Pudibunda: pudica, cheia de pudor.

Pratica: conversa.

Primeiras cobertas: primeiros pratos servidos.

Vis-à-vis **(em francês):** defronte, frente a frente.

decididas, porém d. Clementina para logo recuou; e, como querendo não passar por vencida, sorriu-se maliciosamente e, apontando para a Moreninha, disse, afetando um acento gracejador:

— Ela é travessa como o beija-flor, inocente como uma boneca, faceira como o pavão, e curiosa como... uma mulher*.

— Sim — tornou-lhe d. Carolina. — Preciso é que os ouvidos estejam bem abertos e a atenção bem apurada, quando se está defronte de uma moça como d. Clementina, que sempre tem coisas tão engraçadas e tão inocentes para dizer!... Oh! minha camarada, juro-lhe que ninguém lhe iguala na habilidade de compor um mapa**.

— Mas... d. Carolina... **você deu o cavaco**?...

— Oh! não, não... — continuou a menina, com picante ironia — porém é fato que nenhuma de nós gosta de ser ofuscada com o esplendor de outra. Já basta de brilhar, d. Clementina; o sr. Augusto deve estar tão enfeitiçado com o seu espírito e talento, que decerto não poderá toda esta tarde e noite olhar para nós outras, sem compaixão ou desgosto; portanto, já basta... se não por si, ao menos por nós.

A cronista fez-se cor de nácar e a sua adversária, imitando-a na malícia do sorriso e no acento gracejador, prosseguiu ainda:

— Mas ninguém conclua daqui que, por ofuscada, perco o amor que tinha ao astro que me ofuscou. Bela rosa do jardim! Teus espinhos feriram a borboleta, mas nem por isso deixarás de ser beijada por ela!...

E assim dizendo, a Moreninha estendeu e apinhou os dedos de sua mão direita, fez estalar um beijo no centro do belo grupo que eles formaram e, enfim, executou com o braço um movimento, como se atirasse o beijo sobre d. Clementina.

— Oh! — disse Augusto consigo mesmo —, a tal menina travessa não é tola como me pareceu ainda há pouco. — E desde então começou o nosso estudante

*** O comentário de Clementina aponta pela primeira vez para um aspecto de Carolina que será revelado pouco a pouco no enredo: a menina travessa tornando-se mulher por causa do amor.**

**** A ironia de Carolina para com Clementina reforça a malícia e a inteligência de Moreninha.**

Deu o cavaco: zangou-se, aborreceu-se.

a demorar seus olhares naquele rosto que, com tanta injustiça, tachara de irregular e feio. Prevenido contra d. Carolina, por havê-la surpreendido fazendo-lhe uma careta, o tal sr. Augusto, com toda a empáfia de um semidoutor, decidiu magistralmente que a moça tinha todos os defeitos possíveis. Coitadinho!... espichou-se tão completamente, que agora mesmo já estava pensando com os seus botões: "Ela não será bonita!... porém feia?... isso é demais!"

— Chegou muito tarde à Ilha de... — balbuciou d. Quinquina, como quem desejava travar conversação com Augusto.

— Pensa deveras isso, minha senhora?... — respondeu este, pregando nela um olhar de quem está pedindo um sim.

— Penso... — disse a moça enrubescendo.

— Pois é precisamente agora que eu reconheço ter chegado muito tarde ou, pelo contrário, talvez cedo demais.

— Cedo demais?...

— Certamente: não se chegará sempre cedo demais onde se corre algum risco?

— Aqui, portanto...

— Neste lugar, portanto — continuou o estudante, voltando os olhos por todas as senhoras, e apontando depois para d. Quinquina —; aqui, principalmente, floresce e brilha o prazer, mas perde-se também a liberdade de um mancebo!

Os dois foram interrompidos para corresponder a uma longa e interminável coleção de brindes que o alemão principiou a desenrolar, e com tanta frequência e tão pouca fertilidade, que só a sra. d. Ana teve, por sua saúde, de vê-lo beber seis vezes.

Enfim, cedeu um pouco a tormenta, e d. Quinquina, que havia gostado do que lhe dissera o estudante, continuou:

— Não quis vir com os seus colegas?

— Eu gosto de andar só, minha senhora.

— Sempre é má e triste a solidão.

— Mas às vezes também a sociedade se torna insuportável... por exemplo, depois de amanhã...

— Depois de amanhã? — repetiu ela, sorrindo-se — depois de amanhã o quê?

— Minha senhora, ouvidos que escutaram acordes, sons de harpa sonora, vibrada por ligeira mão de formosa donzela, doem-se de ouvir o toque inqualificável da viola desafinada da rude **saloia**.

— Eu não o compreendo bem...

— Quem respirou o ar embalsamado dos jardins, o aroma das rosas, os **eflúvios** da **angélica**, incomoda-se, **exaspera-se** ao respirar logo depois a atmosfera grave e carregada de **miasmas** de um hospital.

— Ainda o não entendi.

— Pois juro, minha senhora, que dessa vez me há de compreender perfeitamente. Digo que, vendo eu hoje dois olhos que por sua cor se assemelham a dois belos astros de luz, cintilando em céus do mais puro azul; que, escutando uma voz tão doce como serão as melodias dos anjos; que, enfim, respirando junto de alguém, cujo **bafo** é um perfume de delícias, depois de amanhã preferirei não ver, não ouvir e não cheirar coisa alguma, a ver os olhos pardos e encovados ali do meu amigo Leopoldo, a ouvir a voz da **taboca** rachada do meu colega Filipe e a respirar a fumaça dos charutos de meu companheiro Fabrício*.

— Ah!... — exclamou outra vez inesperadamente d. Carolina — eu creio que d. Quinquina terá finalmente compreendido o que o sr. Augusto tanto se empenha em lhe explicar.

— Minha prima — atreveu-se a dizer a ingênua, modesta, medrosa e muito sonsa d. Quinquina —, minha prima, você o teria compreendido no primeiro instante, não é assim?...

— Certamente — respondeu a mocinha, sem perturbar-se. — O sr. Augusto, além de falar com habilidade e fogo, pôs em ação três sentidos; o que poderia também suceder, era que, como algumas costumam fazer, eu fingisse não compreendê-lo logo, para dar lugar a mais vivas finezas, até que ele, de fatigado, dissesse tudo, sem figuras e flores de eloquência... Ora, isso quase que aconteceu, porque os olhos, os ouvidos e o nariz do sr. Augusto hão de estar certamente cansados de tão excessivo trabalho!...

— Minha senhora!...

Saloia: camponesa.

Eflúvios: perfumes.

Angélica: planta de flor branca e muito perfumada.

Exaspera-se: desespera-se.

Miasmas: pestilências.

Bafo: na época, era sinônimo de hálito, sem o sentido pejorativo que tem hoje em dia.

Taboca: taquara.

***** Note como as frases românticas se encaminham para o humor.

— **Por desdita** dele não houve ocasião de pôr em campo um outro sentido; o gosto ficou **em inação**, bem contra a sua vontade, não é assim, sr. Augusto?...

— Minha prima, todos olham para nós...

— A respeito do tato, não direi palavra — continuou a terrível Moreninha —, porque se as mãos do sr. Augusto conservaram-se em justa posição, quem sabe os **transes** por que passariam os pés de minha prima?... Os srs. estão tão juntinhos, que com facilidade e sem risco se podem tocar por baixo da mesa*.

— Menina! — exclamou a sra. d. Ana, com acento de repreensão.

— Minha senhora, consinta que ela continue a gracejar — disse Augusto, meio **aturdido**. — Além de me dar a honra de tomar-me por objeto de seus gracejos, dá-me também o prazer de apreciar e admirar seu espírito e agudeza.

— Agradecida! muito agradecida! — tornou o diabinho da menina, rindo-se com a melhor vontade. — Eu cá não custo a compreendê-lo como minha prima; já sei o que querem de mim os seus elogios... Estou comprada, não falo mais.

Uma risada geral aplaudiu as últimas palavras de d. Carolina: não há nada mais natural; ela era a neta da dona da casa, além de ser moça e rica.

Começava então a servir-se a sobremesa.

— E eu, apesar de amigo e colega de Augusto — disse por fim Fabrício, endireitando-se —, não posso deixar de lastimar a sra. d. Joaquina, pela triste conquista que acaba de fazer.

Augusto conheceu que lhe era dado o sinal de combate. Fabrício queria tomar vingança de sua nenhuma condescendência, e, pois, preparou-se para sustentar a luta com todo o esforço. Vendo que todos tinham os olhos fitos nele, como que esperando uma resposta, não hesitou.

— Obrigado — disse —, nem eu mesmo posso de mim formar outro conceito. Devo, todavia, declarar que,

Por desdita: infelicidade.

Em inação: sem ação.

Transes: dificuldades.

*** O comentário mordaz, insinuando a falsa ingenuidade da prima, revela o amadurecimento de Carolina, o que se opõe à primeira impressão de Augusto.**

Aturdido: pasmado.

se me fosse dado conhecer a ditosa mortal que conseguiu ganhar os pensamentos e o coração do meu colega, certo que eu lhe daria meus parabéns em prosa e verso, porque Fabrício é, sem contradição, a mais alegre e apreciável conquista*****!

A ironia o feriu. A interessante Moreninha lançou sobre Augusto um olhar de aprovação e sorriu-se brandamente; gostou de o ver manejar sua arma favorita. Sem se explicar o porquê, também o nosso estudante teve em muita conta aquele sorriso da menina travessa. Fabrício continuou:

— Venha embora o ridículo, que nem por isso poder-se-á negar que para o nosso Augusto não houve, não há, nem pode haver amor que dure mais de três dias.

Todas as senhoras olharam para o réu daquele horrendo crime de **lesa-formosura**. Augusto respondeu:

— E o que há aí de mais engraçado é que Fabrício tem culpa disso, porque, enfim, manda o meu destino que eu sempre tenha andado, ande, e haja de andar em companhia dele, que com a maior crueldade do mundo tira-me todos os lances antes de três dias de amor.

Novo olhar, novo sorriso de aprovação de d. Carolina: novo prazer de Augusto por merecê-los.

Fabrício torceu-se sobre a cadeira e prosseguiu:

— Nada de fugir da questão. Poder-se-ia julgar fraqueza querer de algum modo ocultar que, tanto em prática como em teoria, o meu colega é e se preza de ser o protótipo da inconstância.

— Eis o que ele não pode negar — acudiram Leopoldo e Filipe, rindo-se.

— E para que negar, se já o nosso colega afirmou que eu me prezava de ter essa qualidade?

— Misericórdia! — exclamou uma das moças.

— É possível?!... — perguntou a avó de Filipe, com seriedade.

— É absolutamente verdade — respondeu o estudante. Lançou depois um olhar ao derredor da mesa e todas as senhoras lhe voltaram o rosto. D. Quinquina

*** Por meio de um jogo de palavras, Augusto, de conquistador de mulheres, passa a ser um amigo leal, para quem Fabrício é tão ou mais importante que qualquer conquista feminina. Note o hábito dos jogos verbais entre as personagens; conversas que revelam malícia, inteligência e bom humor.**

Lesa-formosura: modo irônico de se referir à beleza da mulher e à forma como ela era usada para prender os rapazes.

tinha nos lábios um triste sorriso. A Moreninha olhou-o com espanto, durante um certo momento, mas logo depois soltou uma sofrível risada e pareceu ocupar-se exclusivamente de uma fatia de pudim.

Reinou silêncio por alguns instantes; Fabrício parecia vitorioso; Augusto estava como em isolamento; as senhoras olhavam para ele com receio, e mostravam temer encontrar seus olhos; dir-se-ia que receavam que de uma troca de olhar nascesse para logo o sentimento que as devesse tornar desgraçadas. Desde as fatais palavras de Fabrício, Augusto era naquela mesa o que costumava ser um leproso na Idade Média: o homem perigoso, cujo contato podia fazer a desgraça de outro.

Fabrício compreendeu em quão triste situação estava o seu adversário, e inexperiente, se havia de deixá-lo debatendo-se em sua má posição, quis ainda mais piorá-la, e foi, talvez, arrancá-lo dela. Fabrício, pois, fala; as senhoras embebem nele os olhos e o aplaudem, enquanto Augusto, servindo-se de um prato de grosso melado, afeta prestar pouca atenção ao seu acusador.

— Sim, minhas senhoras, é um jovem inconstante, acessível a todas as belezas, repudiando-as ao mesmo tempo para correr atrás de outra, que será logo deixada pela vista de uma nova, como se ele fosse a inércia da matéria, que conserva impressão, mas que não a guarda senão o tempo que é gasto para um novo agente modificá-la!

— Muito bem! muito bem! — disseram algumas vozes.

— Seu coração é pétrea abóbada de teatro que não entende o dizer de **Auber**, quando soluça à flauta ternos sons de musical discurso, pois aquela muda superfície reflete a todos, e a todos esquece com estúpida indiferença!...

— Bravo!... Fabrício está hoje romântico! — exclamou Leopoldo, apontando maliciosamente para a garrafa que se achava defronte do orador, e quase de todo esgotada.

Daniel-François Auber (1782-1871): compositor francês, diretor do Conservatório de Paris, em 1842, e autor de numerosas óperas e óperas-cômicas.

— Apoiadíssimo!... — murmurou Augusto, apontando também para a garrafa.

— Mas ele deverá viver de lágrimas, suspiros e ânsias de condenado... — concluiu Fabrício.

— Bravo!... muito bem!... bravo!...

— Peço a palavra para responder! — exclamou Augusto.

— Tem a palavra, mas nada de maçada!

— Duas palavras, minhas senhoras, só duas palavras.

— Sim, defenda-se, defenda-se.

— Defender-me?... certo que não o farei; poderia, ao contrário, acusar, mas também não quero; julgo apenas dar algumas explicações. Minhas senhoras, debaixo de certo ponto de vista o meu colega Fabrício disse a verdade, porque eu sou, com efeito, o mais inconstante dos homens, em negócio de amor.

— Ainda repete?!

— Mas também quem me conhece bastante conclui que, por fim de contas, não há amante algum mais firme do que eu.

— O senhor está compondo enigmas.

— Não o interrompam; deixem-no apresentar o seu programa amoroso.

— Sim, minhas senhoras — continuou Augusto —, vamos ao desenvolvimento da primeira proposição.

— Ouçam! ouçam!

— A minha inconstância é natural, justa e, sem dúvida, estimável. Eu vejo uma senhora bela: amo-a, não porque ela é senhora... mas porque é bela; logo, eu amo a beleza. Ora, esse atributo não foi exclusivamente dado a uma senhora, e quando o encontro em outra, fora injustiça que eu desprezasse nesta aquilo mesmo que eu tanto amei na primeira.

— Bravo!... viva o raciocínio!

— Mais ainda. Todo mundo sabe que não há quem nasça perfeito. Suponhamos que eu estou na agradável companhia de três jovens, todas são lindas; a primeira vence a segunda na delicadeza do **talhe**, esta supera

Talhe: forma do corpo.

aquela na ternura do olhar e na graça dos sorrisos, e a terceira, enfim, ganha-as na sublime harmonia de umas **bastas madeixas** negras, coroando um rosto romanticamente pálido; ora, bem se vê que seria cometer a mais detestável injustiça se eu, por amar a delicadeza do talhe da primeira, me esquecesse das ternuras dos olhares e da graça dos sorrisos da segunda, assim como das bastas madeixas negras e do rosto romanticamente pálido da última*.

— Muito bem, Augusto — exclamou Filipe. — Estou achando um não sei quê tão aproveitável no teu sistema, que me vejo em termos de segui-lo.

— Eis aqui, pois, por que sou inconstante, minhas senhoras; é o respeito que tributo ao merecimento de todas, é talvez o excesso a que levo as considerações que julgo devidas ao sexo amável, que me faz ser volúvel. Agora eu entro na segunda parte de minha explicação.

— Atenção!... ele vai provar que é constante!...

— Antes que ninguém, minhas senhoras, eu repreendi o meu coração pela sua **volubilidade**; mas vendo que era vão trabalho querer extinguir por tal meio uma disposição que a natureza nele plantara, pretendi primeiro achar na mesma natureza um corretivo que o fizesse constante. Procurei uma jovem bem encantadora para me lançar em cativeiro eterno, mas **debalde** o fiz, porque eu sou tão sensível ao poder da formosura, que sempre me sucedia esquecer a bela de ontem pela que via hoje, a qual, pela mesma razão, era esquecida depois. Quantas vezes, minhas senhoras, nos meus passeios da tarde, eu olvidei o amor da manhã desse mesmo dia por outro amor, que se extinguiu no baile dessa mesma noite!

— É exageração! — disse uma senhora.

— É exatamente assim — acudiu Fabrício.

— **Que folha d'alho**!... — exclamou d. Quinquina.

— Então, minhas senhoras — prosseguiu Augusto —, entendi que deveria recorrer a mim próprio para

Bastas madeixas: abundantes cabelos.

*** Nas palavras de Augusto, a sedução se vale do jogo verbal e do galanteio.**

Volubilidade: inconstância.

Debalde: em vão.

Que folha d'alho!: que sujeito malandro!.

tornar-me constante. Consegui-o. Sou firme amante de um só objeto que não tem existência real, que não vive.

— Como é isso!... então a quem ama?

— A sua sombra, como **Narciso**?...

— A boneca que se vê na vidraça do **Desmarais**?...

— Ao **Cupido de Praxíteles**, como Aquídias de Rodes?

— Alguma estátua da Academia das Belas-Artes?...

— Nada disso.

— Então a quem?

— A todas as senhoras, resumidas num só ente ideal. À custa dos belos olhos de uma, das lindas madeixas de outra, do **colo de alabastro** desta, do talhe elegante daquela, eu formei o meu belo ideal, a quem tributo o amor mais constante. Reúno o que de melhor está repartido e faço mais ainda: aperfeiçoo a minha obra todos os dias. Por exemplo, retirando-me desta ilha, eu creio que vestirei o meu belo ideal de novas formas!

— Viva o cumprimento!...

— Foi assim, minhas senhoras, que me pude tornar constante e, graças ao meu proveitoso sistema, posso amar a todas as senhoras a um tempo, sem ser infiel a nenhuma — disse.

— Muito bem!... muito bem!...

— Augusto desempenhou-se.

O champanha estourava naquele momento. Leopoldo tomou a palavra pela ordem.

— Eu vou — exclamou — propor um belo meio de terminar essas discussões, convidando a todos os senhores para um brinde, no qual Augusto, por castigo de sua inconstância, não nos poderá acompanhar. Não é novo que mancebos bebam, no meio dos prazeres de um festim, um copo de vinho depois de pronunciar o nome daquela que é a dama de seus pensamentos. Aqui não estamos só mancebos e, pois, não faremos tanto; pronunciaremos, contudo, a inicial do primeiro nome.

Narciso: figura da mitologia grega que representa a vaidade exagerada.

Desmarais: famosa perfumaria que ficava na rua do Ouvidor, no Rio de Janeiro.

Cupido de Praxíteles: nas mitologias grega e romana, o cupido é a representação do amor. Praxíteles é um famoso escultor grego (390-330 a.C.) de figuras mitológicas.

Colo de alabastro: colo branco ou bem claro que lembra a pedra chamada alabastro, parecida com o mármore.

— Sim! sim! — disse Filipe — Augusto não beberá conosco...

— Não, maninho — acudiu a interessante Moreninha —, ele há de beber também.

— Ah, minha senhora! no beber um copo de champanha não está a dúvida; a dificuldade toda é poder, entre tantos nomes, escolher o mais amado. Acode-me tal número dos que têm tocado o superlativo do amor...

— M... — disse Leopoldo, esvaziando seu copo.

— C... — pronunciou Filipe, olhando para d. Clementina.

— J... — balbuciou Fabrício, exasperado com um acesso de tosse que atacara Augusto.

Os outros mancebos pronunciaram suas letras, e só o inconstante faltava.

— Eia! ânimo, sr. Augusto — disse d. Carolina.

— Mas que letra, minha senhora?... se eles me dessem licença, faria o enorme sacrifício de reduzir as que me lembram ao diminuto número de vinte e três.

— Nada! nada! nesta saúde não entra o número plural.

— Pois bem, sr. Augusto — continuou a menina —, uma coleção não deixa de ser singular; beba o seu copo de champanha ao alfabeto inteiro*!

— Sim, minha senhora, ao alfabeto inteiro!

Meia hora depois levantaram-se da mesa. Leopoldo aproximou-se de Augusto.

— Então que dizes, Augusto?...

— Que passaremos a mais agradável noite.

— E quem ganhará a aposta?

— Eu.

— De qual dessas meninas estás mais apaixonado?...

— Estou na minha regra, mas hoje tenho-me apaixonado só de três, principalmente.

— E o que pensas da irmã de Filipe?

— A melhor resposta que te posso dar é... não sei... porque, ao meio-dia, a julgava travessa, importuna e feia, mas era-me completamente indiferente.

*** Note que, mesmo brincando, Carolina ajuda Augusto. Tal atitude revela um lado bondoso de Moreninha, que se opõe à imagem negativa que o rapaz fazia dela, a princípio.**

— À uma hora?...

— Eu a supus estouvada e desagradável.

— Às duas horas?...

— Má, e desejava vê-la longe de mim.

— Durante o jantar?...

— Fui achando-lhe algum espírito e acusei-me por havê-la julgado feia.

— E agora?

— Parece que me sinto inclinado a declará-la engraçada e bonitinha.

— E daqui a pouco?

— Eu direi.

6. AUGUSTO COM SEUS AMORES

Poucos momentos depois da cena antecedente, a sala de jantar ficou entregue unicamente ao insaciável Keblerc, que entendeu, não sabemos se mal ou bem, que era muito mais proveitoso ficar fazendo honra a meia dúzia de garrafas de belo vinho, do que acompanhar as moças, que se foram deslizar pelo jardim. Outro tanto não fizeram os rapazes, que de perto as acompanharam, assim como pais, maridos e irmãos, todos animados e cheios de prazer e harmonia, dispostos a acabar o dia e entrar pela noite com gosto*****.

Mas dissemos que não sabíamos se Keblerc havia feito bem ou mal em não imitar os outros. Sem dúvida já fomos condenados por homens de mau gosto; cumpre-nos dar algumas razões. Entendemos, cá para nós, que por diversos caminhos vão, tanto o alemão como os rapazes, a um mesmo fim. Em resultado, esgotadas as garrafas e terminado o passeio, haverá **mona**, não só na sala de jantar, mas também no jardim; a diferença é que uma será mona de vinho e a outra de amor. Essa última

*** De novo, as moças são o centro desse universo descrito no romance. Os homens — pais, irmãos, maridos — só existem em relação a elas.**

Mona: bebedeira.

costuma sempre ser a mais perigosa. Pela nossa parte confessamos que não há cachaça que embebede mais depressa do que uma que se bebe nos olhos travessos de certas pessoas.

Passeava-se. Cada cavalheiro dava o braço a uma senhora, e, **divagando-se** assim pelo jardim, o dicionário das flores era lembrado a todo momento. Menina havia que, apenas algum lhe dizia, apontando para a flor:

— Acácia!

— Sonhei com você! — respondia logo*.

— Amor-perfeito!

— Existo para ti só! — tornava imediatamente.

E o mesmo fazia a respeito de todas as flores que lhe mostravam. Era uma **doutora de borla e capelo** em todas as ciências amatórias; e essa menina era, sem mais nem menos, aquela lânguida e sonsinha d. Quinquina... **Fiai**-vos nas sonsas!

Um moço e uma moça, porém, andavam como se costuma dizer, solteiros; bem vezes dela se aproximava o sujeito, mas a bela quanto mais perto o via, mais saltava, corria, voava como um beija-flor, como uma abelha ou, melhor, como uma doidinha. Eram eles d. Carolina e Augusto.

Augusto passeava só, contra a vontade; d. Carolina por assim o querer.

Augusto viu de repente todos os braços *engajados*. Duas senhoras, a quem se dirigiu, fingiram não ouvi-lo ou se desculparam. O inconstante não lhes fazia conta, ou antes queriam, tornando-se difíceis, vê-lo requestando-as, porque, desde o programa de Augusto, cada uma delas entendeu lá consigo que seria grande glória para qualquer prender com inquebráveis cadeias aquele **capoeira** de amor e que o melhor meio de isso conseguir era fingir desprezá-lo e mostrar não fazer conta com ele. Exatamente intentavam batê-lo por meio dessa tática poderosa, com que quase sempre se triunfa da mulher, isto é, pouco a pouco.

D. Carolina, pelo contrário, havia rejeitado dez braços. Queria passear só. Um braço era uma prisão e a

Divagando-se: vagando-se, andando-se à toa.

* No vocabulário amoroso da época, as flores eram uma espécie de código, cada tipo tinha um significado. Assim, ao receber uma flor de presente, as moças sabiam a mensagem que ela representava.

Doutora de borla e capelo: título que se dava apenas a professores catedráticos das universidades. Como símbolo de sua condição, usavam uma borla (espécie de capuz) e capelo (uma pequena capa). Nessa passagem, o narrador quer destacar que a moça era uma especialista em ciências do amor.

Fiai: confiai.

Capoeira: malandro perigoso, que andava armado e praticava o jogo ou a luta da capoeira. Nessa passagem, o narrador associa o cerco que as moças começaram a fazer a Augusto com a perseguição da polícia aos capoeiras.

engraçada Moreninha gosta sobretudo da liberdade*. Ela quer correr, saltar e entender com as outras; ir agora adiante de todos, e daqui a pouco ser a última no passeio; viva, com os olhos brilhantes; ágil, com seu pezinho sempre pronto para a carreira; inocente para não se envergonhar de suas travessuras e criada com mimo demais para prestar atenção aos conselhos de seu irmão, está em toda a parte, vê, observa tudo, e de tudo tira partido para rir-se. Em contínua hostilidade com todas aquelas que passeavam com moços, de cada vista d'olhos, de cada suspiro, de cada palavra, de cada ação que percebia, tirava motivo para seus epigramas; e, inimigo invencível, porque não tinha fraco por onde fosse atacado, era por isso temido e acariciado. Deixemo-la, pois, correr e saltar, aparecer e desaparecer ao mesmo tempo; nem à nossa pena é dado o poder de acompanhá-la, que ela é tão rápida como o pensamento.

Finalmente, o pobre Augusto encontrou uma senhora que teve piedade dele. Estão afastados do resto da companhia, e conversam. Vamos ouvi-los.

— Com efeito — disse a sra. d. Ana —, devo confessar que me espantei ouvindo-o sustentar com tão vivo fogo a inconstância do amor.

— Mas, minha senhora, não sei por que se quer espantar!... é uma opinião.

— Um erro, senhor!... ou, melhor ainda, um sistema perigoso e capaz de produzir grandes males.

— Eis o que também me espanta!

— Não, senhor, nada há aqui que exagerado seja; rogo-lhe que por um instante pense comigo: se o seu sistema é bom, deve ser seguido por todos; e se assim acontecesse, onde iria assentar o sossego das famílias, a paz dos esposos, se lhe faltava a sua base: a constância**?...

Augusto guardou silêncio e ela continuou:

— Eu devo crer que o sr. Augusto pensa de maneira absolutamente diversa daquela pela qual se explicou. Consinta que lhe diga: no seu pretendido sistema, o que

*** Carolina é descrita como livre e descompromissada. Esse é um ponto comum que ela tem com Augusto.**

**** Note que d. Ana é porta-voz da ideia do amor ligado ao casamento e à família.**

há é muita **velhacaria**; finge não se curvar por muito tempo diante de beleza alguma, para plantar no amor-próprio das moças o desejo de **triunfar de sua inconstância.**

— Não, minha senhora, o único partido que eu procuro, e tenho conseguido tirar, é o sossego de que há algum tempo gozo.

— Como?

— É uma história muito longa, mas que eu resumirei em poucas palavras. Com efeito, não sou tal qual me pintei durante o jantar. Não tenho a louca mania de amar um belo ideal, como pretendi fazer crer, porém, o certo é que eu sou e quero ser inconstante com todas e conservar-me firme no amor de uma só.

— Então o senhor já ama?...

— Julgo que sim.

— A uma moça?

— Pois então a quem?...

— Sem dúvida bela!

— Creio que deve ser.

— Pois o senhor não sabe?

— Juro que não.

— O seu semblante?

— Não me lembro dele.

— Mora na corte?...

— Ignoro-o.

— Vê-a muitas vezes?...

— Nunca.

— Como se chama?...

— Desejo muito sabê-lo.

— Que mistério!...*

— Eu devo mostrar-me grato à bondade com que tenho sido tratado, satisfazendo a curiosidade que vejo muito avivada no seu rosto; e, pois, a senhora vai ouvir o que ainda não ouviu nenhum dos meus amigos, o que eu não lhes diria, porque eles provavelmente rir-se-iam de mim. Se deseja saber o mais interessante episódio de minha vida, entremos nesta gruta, onde praticaremos livres de testemunhas e mais em liberdade.

Velhacaria: patifaria.

Triunfar de sua inconstância: isto é, ela diz que, no fundo, Augusto quer ser assediado pelas moças, provocando-as para ver quem seria capaz de despertar nele um amor duradouro.

* De novo, cria-se no leitor a expectativa do que vai acontecer na história.

Eles entraram.

Era uma gruta pouco espaçosa e cavada na base de um rochedo que dominava o mar. Entrava-se por uma abertura alta e larga, como qualquer porta ordinária. Ao lado direito havia um banco de relva, em que poderiam sentar-se a gosto três ou quatro pessoas; no fundo via-se uma pequena bacia de pedra, onde caía, gota a gota, límpida e fresca, água que do alto do rochedo se destilava; preso por uma corrente à bacia de pedra, estava um copo de prata, para servir a quem quisesse provar da boa água do rochedo.

Foi este lugar escolhido por Augusto para fazer suas revelações à digna hóspeda.

O estudante, depois de certificar-se de que toda a companhia estava longe, veio sentar-se junto da sra. d. Ana, no banco de relva, e começou a história dos seus amores.

7. OS DOIS BREVES, BRANCO E VERDE*

Negócios importantes, minha senhora, tinham obrigado meu pai a deixar sua fazenda e a vir passar alguns meses na corte; eu o acompanhei, assim como toda a nossa família. Isso foi há sete anos, e nessa época houve um dia... mas que importa o dia?... eu o poderia dizer já; o dia, o lugar, a hora, tudo está presente à minha alma, como se fora sucedido ontem o acontecimento que vou ter a honra de relatar; é uma loucura... a minha mania... embora... Foi, pois, há sete anos, e tinha eu então treze anos de idade, que, brincando em uma das belas praias do Rio de Janeiro, vi uma menina que não poderia ter ainda oito.

Figure-se a mais bonita criança do mundo, com um vivo, agradável e alegre semblante, com cabelos negros e anelados voando ao derredor de seu pescoço, com o

Breves: objetos de devoção formados por dois quadrados de pano bento, contendo orações e que, geralmente, são pendurados ao pescoço.

* Aqui começa uma história dentro da história maior do livro, e que funciona como *flashback* sobre um episódio que marcou a infância de Augusto.

fogo do céu nos olhos, com o sorrir dos anjos nos lábios, com a graça divina em toda ela, e far-se-á ainda uma ideia incompleta dessa menina*.

Ela estava à borda do mar e seu rosto voltado para ele; aproximei-me devagarinho. Uma criança viva e espirituosa, quando está quieta, é porque imagina novas travessuras ou combina os meios para executar alguma a que se opõem obstáculos; eu sabia isso por experiência própria; cheguei-me para saber em que pensava a menina; a pequena distância dela parei, porque já tinha adivinhado seu pensamento.

Na praia estava deposta uma bela concha, mas tão perto do mar, que quem a quisesse tomar e não fosse ligeiro e experiente, se expunha a ser apanhado pelas ondas, que rebentavam com força, então.

Eu vi a travessa menina hesitar longo tempo entre o desejo de possuir a concha e o receio de ser molhada pelas vagas; depois pareceu haver tomado uma resolução: o capricho de criança tinha vencido. Com suas lindas mãozinhas arregaçou o vestido até os joelhos, e quando a onda recuou, ela fez um movimento, mas ficou ainda no mesmo lugar, inclinada para diante e na ponta dos pés: segunda, terceira, quarta, quinta onda, e sempre a mesma cena de ataque e receio do inimigo. Finalmente, ao refluxo da sexta, ela precipitou-se sobre a concha; mas a areia escorregou debaixo de seus pés e a interessante menina caiu na praia, sem risco e com graça: erguendo-se logo e, espantada ao ver perto de si a nova onda, que dessa vez vinha mansa e fraca como respeitosa, correu para trás e, sem o pensar, atirou-se nos meus braços, exclamando:

— Ah!... eu ia morrer afogada!...

Depois, vendo-se com o vestido cheio de areia, começou a rir-se muito, sacudindo-o e dizendo ao mesmo tempo:

— Eu caí! eu caí!...

E como se não bastasse essa passagem rápida do susto para o prazer, ela olhou de novo para o mar, e, tor-

*** Observe a exaltação romântica na descrição da beleza feminina.**

nando-se levemente melancólica, balbuciou com voz pesarosa, apontando para a concha:

— Mas... a minha concha!...

Ouvindo a sua voz harmoniosa e vibrante, eu não quis saber de fluxos nem refluxos de ondas; corri para ela com entusiasmo e, radiante de prazer e felicidade, apresentei-me à linda menina, embora um pouco molhado, mas trazendo a concha desejada.

Esse acontecimento fez-nos logo camaradas. Corremos a brincar juntos com toda essa confiança infantil que só pode nascer da inocência e que ainda em parte se dava em mim, posto que já a esse tempo fosse eu **um pouco velhaquete** e sonso, como um estudante de latim que era, e que por tal já procurava minhas blasfêmias no dicionário*****.

É sempre digno de observar-se essa tendência que têm as calças para o vestido! Desde a mais nova idade e no mais inocente brinquedo aparece o tal mútuo pendor dos sexos... e de mistura umas vergonhas muito engraçadas...

Eu cá sempre fui assim; quando brincava o *tempo-será*, por exemplo, sempre preferia esconder-me atrás das portas com a menos bonita de minhas primas, do que com o mais formoso de meus amigos de infância******.

Mas, como ia dizendo, nós brincamos juntos, corríamos e caíamos na areia, e depois ríamos ambos de nós mesmos. Tínhamos esquecido todo o mundo, e pensávamos somente em nos divertir, como os melhores amigos.

Depois de uma agradável hora passada em mil diversas travessuras, que nossa imaginação e inconstância de **meninos** modificava e inventava a cada momento, a minha interessante camarada voltou-se de repente para mim, e perguntou:

— Sou bonita, ou feia?...

Eu quis responder-lhe mil coisas... corei... e finalmente murmurei tremendo*******:

— Tão bonita!...

— Pois então — tornou-me ela —, quando formos grandes, havemos de nos casar, sim?

Um pouco velhaquete: um pouco velhaco, malicioso, não tão ingênuo.

*** Tal comentário revela que Augusto já entrara na adolescência.**

**** Pelo seu comentário, Augusto insinua que brincadeiras de crianças não são totalmente desprovidas de interesse pelo sexo oposto.**

Meninos: crianças.

***** É curioso esse "tremor" de um rapazinho de treze anos para dizer a uma menina de sete que ela é bonita. Sobretudo quando ele já é um pouco "velhaquete". Mas, nesse universo literário do Romantismo, temos uma espécie de suspensão do tempo cronológico e o que vale é o clima de afinidades e atração que vai se criando entre eles.**

— Oh!... pois bem!...

— Havemos — continuou o lindo anjinho de sete anos —, eu o quero... Olhe, o meu primo Juca me queria também, mas ainda ontem me quebrou a minha mais bonita boneca... ora, o marido não deve quebrar as bonecas de sua mulher!... Eu quero, pois, me casar com o senhor, que há de apanhar bonitas conchinhas para mim... Além disso ele não tem, como o senhor, os cabelos louros, nem a cor rosada...

— Porém eu gosto mais dos cabelos pretos...

— Melhor!... melhor!... — exclamou a menina, saltando de prazer. — Olhe: os meus são pretos!

E nisso ela puxou com a sua pequena mãozinha um de seus belos anéis da madeixa, para mostrar-mo, e largando-o depois, eu vi cair outra vez em seu pescoço, de novo torcido como um caracol.

Ainda corremos mais e continuamos a brincar juntos; e, sem o pensar, nós nos esquecemos de procurar saber os nossos verdadeiros nomes, porque nos bastavam esses com que já nos tratávamos, de: meu marido, minha mulher!

A viveza, a graça e o espírito da encantadora menina tinham feito desaparecer meu natural acanhamento; nós estávamos como dois antigos camaradas, quando fomos interrompidos em nossas travessuras por um outro menino que para nós corria chorando.

— O que tem? — perguntamos ambos.

— É meu pai que morre! — exclamou ele, apontando para uma casinha que avistamos algumas braças distante de nós.

Ficamos um momento tristemente surpreendidos; depois, como dominados pelo mesmo pensamento, ela e eu dissemos a um tempo:

— Vamos lá.

E corremos para a pequena casa.

Entramos. Era um quadro de dor e luto que tínhamos ido ver. Uma pobre velha e três meninos, malvestidos e magros, cercavam o leito em que jazia moribundo um ancião de cinquenta anos, pouco mais ou menos. Pelo que agora posso concluir, uma síncope havia causado todo o movimento, pranto e desolação que observamos. Quando chegamos ao pé de seu leito, ele tornava a si.

— Ainda não morri — balbuciou, olhando com ternura para seus filhos, e deixando cair dos olhos grossas lágrimas. Depois, deparando conosco, continuou:

— Quem são esses dois meninos?...

Ninguém lhe respondeu, porque todos choravam, sem excetuar a minha bela camarada e eu.

— Não chorem ao pé de mim — exclamou o velho, sufocado em pranto e escondendo o rosto entre as mãos, enquanto seus três filhos e o quarto que tínhamos há pouco visto fora, se atiravam sobre ele, no excesso da maior, da mais nobre e das mais sublimes das dores.

A minha camarada dirigiu-se então à velha.

— O que tem então ele?... — perguntou com viva demonstração de interesse.

— Oh, meus meninos — respondeu a aflita velha —, ele sofre uma enfermidade cruel, mas que poderia não ser mortal... porém é pobre!... e morre mais depressa pelo pesar de deixar seus filhos expostos à fome!... morre de miséria!... morre de fome!...

— Fome! — exclamamos com espanto. — Fome! pois também morre-se de fome?...

E instintivamente a minha interessante companheira tirou do bolso do seu avental uma moeda de ouro e dando-a à velha, disse:

— Foi meu padrinho que ma deu hoje de manhã... eu não preciso dela... não tenho fome.

E eu tirei do meu bolso uma nota, não me lembro de que valor, e por minha vez a entreguei, dizendo:

— Foi minha mãe que ma deu e ela me dá um abraço, sempre que faço esmolas aos pobres.

Não é possível descrever o que se passou então naquela miserável choupana. Minha linda mulher e eu tivemos de ser abraçados mil vezes, de ver de joelhos a nossos pés a velha e os meninos... O ancião forcejava por falar há muito tempo... Dava com as mãos, chamando-nos... Finalmente nós nos aproximamos dele, que nos apertou com entusiasmo contra o coração.

— Quem sois? — pôde, enfim, dizer. — Quem sois?

— Duas crianças — foi a menina que respondeu.

— Dois anjos — tornou o velho. — E quem é esse menino?...

— É o meu camarada — disse ainda ela.

— Vosso irmão?

— Não senhor, meu... marido.

— Marido?

— Sim, eu quero que ele seja meu marido.

— Deus realize vossos desejos!...

Acabando de pronunciar essas palavras, o ancião guardou silêncio por alguns instantes... bebeu com sofreguidão um púcaro cheio de água e, olhando de novo para nós, e tendo no rosto um ar de inspiração e em suas palavras um acento profético, exclamou:

— Seja dado ao homem agonizante lançar seus últimos pensamentos do leito da morte, além dos anos, que já não serão para ele, e penetrar com seus olhares através do véu futuro... Meus filhos, amai-vos e amai-vos muito! A virtude se deve ajuntar, assim como o vício se procura; sim, amai-vos. Eu não vos iludo... vejo lá... bem longe... a promessa realizada! São dois anjos que se unem... vede!... os meninos que entraram na casa do miserável, que enxugaram o pranto e mataram a fome da **indigência**, são abençoados por Deus e unidos em nome d'Ele!... Meus filhos, eu os vejo casados lá no futuro!...

— Oh!... eis aí outra vez o delírio!... — disse a velha, vendo a exaltação e o semblante afogueado do enfermo.

— Não, minha **mãe** — continuou ele —, não! não é delírio... Pois quê!... não pode o Eterno abençoar a virtude pela minha boca?... Oh! meus meninos! Deus paga sempre a esmola que se dá ao pobre!... ainda uma vez... lá no futuro... vós o sentireis.

Nós estávamos espantados: o rosto do ancião se havia tornado **rubro**, seus olhos **flamejantes**... Seus lábios tremiam convulsivamente, sua mão rugosa tinha três vezes nos abençoado.

Escutando suas palavras, eu acreditei que estávamos ouvindo uma profecia infalivelmente realizável, pronunciada por um inspirado do Senhor.

Não parou aí a nossa admiração. O doente, cujas forças pareciam haver reaparecido subitamente, apoiando-se sobre um dos cotovelos, abriu a gaveta de uma mesa que estava junto de seu leito, e tirando de uma pequena e antiga caixa dois breves, os deu à velha dizendo:

— Minha mãe, descosa esses dois breves.

A velha, obedecendo pontualmente, os descoseu com prontidão. Os breves eram dois: um verde e outro branco.

Depois o ancião, voltando-se para mim, disse:

— Menino! que trazeis convosco que possais oferecer a essa menina?...

Eu corri com os olhos tudo que em mim havia e só achei, para entregar ao admirável homem que me

Indigência: miséria.

Mãe: mulher, esposa. Era comum o marido chamar a esposa de mãe e ela chamá-lo de pai.

Rubro: vermelho.

Flamejantes: brilhantes.

falava, um lindo alfinete de camafeu, que meu pai me tinha dado para trazer ao peito e, maquinalmente, pus-lhe nas mãos o meu camafeu.

O velho quebrou o pé do alfinete e dando-o a sua mãe, acrescentou:

— Minha mãe, cosa dentro do breve branco este camafeu.

E, voltando-se para minha bela camarada, continuou:

— Menina! que trazeis convosco que possais oferecer a esse menino?...

A menina, **atilada** e viva, como já esperando tal pergunta, entregou-lhe um botão de esmeralda que trazia em sua camisinha.

O velho o deu a sua mãe, dizendo:

— Minha mãe, cosa esta esmeralda dentro do breve verde.

Quando as ordens do ancião foram completamente executadas, ele tomou os dois breves e, dando-me o de cor branca, disse-me:

— Tomai este breve, cuja cor exprime a candura da alma daquela menina. Ele contém o vosso camafeu: se tendes bastante força para ser constante e amar para sempre aquele belo anjo, dai-lho a fim de que ela o guarde com **desvelo**.

Eu mal compreendi o que o velho queria: ainda maquinalmente entreguei o breve à linda menina, que o prendeu no cordão de ouro que trazia ao pescoço.

Chegou a vez dela. O homem deu-lhe o outro breve, dizendo:

— Tomai este breve, cuja cor exprime as esperanças do coração daquele menino. Ele contém a vossa esmeralda: se tendes bastante força para ser constante e amar para sempre aquele bom anjo, dai-lho, a fim de que ele o guarde com desvelo.

Minha bela mulher executou a insinuação do velho com prontidão, e eu prendi o breve ao meu pescoço, com uma fita que me deram.

Atilada: esperta.

Desvelo (ê): grande cuidado.

Quando tudo isso estava feito, o velho prosseguiu ainda:

— Ide, meus meninos; crescei e sede felizes! vós olhastes para mim, pobre e miserável, e Deus olhará para vós... Ah! recebei a bênção de um moribundo!... recebei-a e saí para não vê-lo expirar!...

Isso dizendo, apertou nossas mãos com força: eu senti, então, que o velho ardia; senti que seu bafo era como vapor de água fervendo, que sua mão era uma brasa que queimava... Sinto ainda sobre os meus dedos o calor abrasador dos seus e agora compreendo que, com efeito, ele delirava quando assim praticou com duas crianças*****.

Enfim, nós deixamos aquela morada aflitos e admirados. Sós, nós pensamos no velho e choramos juntos; depois, nas crianças isso não merece reparo, a nossa dor se **mitigou**, para cuidarmos em brincar outra vez.

De repente a menina olhou para mim e disse:

— E quando minha mãe perguntar pela esmeralda?...

Eu cuidei que lhe respondia, e fiz-lhe igual pergunta:

— E quando meu pai perguntar pelo meu camafeu?

Ficamos olhando um para o outro; passados alguns instantes, minha linda mulher, que me parecera estar pensando, disse sorrindo-se:

— Eu vou pregar uma mentira.

— E qual?

— Eu direi a minha mãe que perdi a minha esmeralda na praia.

— E eu responderei a meu pai que perdi o meu camafeu nas pedras.

— Eles mandarão procurar, sem dúvida...

— E não o achando, esquecer-se-ão disso.

— E os breves?... Nós os guardaremos?...

— O velho disse que sim.

— Para que será isso?...

— Disse que é para nos casarmos quando formos grandes.

— Pois então nós os guardaremos.

— Oh! eu o prometo.

*** Note como essa passagem tem o tom solene de um ritual de casamento.**

Mitigou: diminuiu.

— Eu o juro.

Nesse momento **soou ave-maria**.

— Tão tarde! — exclamou a menina... — minha mãe ralhará comigo!

E, dizendo isso, correu, esquecendo-se até de despedir-se de mim. Esse fatal descuido acabava de entristecer-me, quando ela, já de longe, voltou-se para onde eu estava e, mostrando-me o breve branco, gritou:

— Eu o guardarei!

Pela minha parte entendi dever dar-lhe igual resposta, e, pois, mostrei-lhe o meu breve verde e gritei-lhe também:

— Eu o guardarei!...

Aqui parou Augusto para respirar, tão cansado estava com a longa narração; porém ergueu-se logo, ouvindo ruído à entrada da gruta.

— Alguém nos escuta! — disse ele.

— Foi talvez uma ilusão! — respondeu a digna hóspeda.

— Não, minha senhora; eu ouvi distintamente a **bulha** que faz uma pessoa que corre — tornou Augusto dirigindo-se à entrada da gruta e observando em derredor dela.

— Então?... — perguntou a sra. d. Ana.

— Enganei-me, na verdade.

— Mas vê alguma pessoa?...

— Apenas lá vejo sua bela neta, a sra. d. Carolina, pensativa e recostada à **efígie da Esperança**.

8. AUGUSTO PROSSEGUINDO

A avó de Filipe quis tomar, por sua vez, a palavra; porém o estudante lhe fez ver que ainda muito faltava para o fim de suas histórias, e voltando de novo ao seu lugar, continuou:

Soar ave-maria: o toque do sino, ao anoitecer. Note como tal fato serve para acentuar o clima de ritual sugerido pela narração.

Bulha: barulho, ruído.

Efígie da Esperança: imagem que representa a ideia da esperança. O que fica insinuado nessa passagem?

— O acontecimento que acabo de relatar, minha senhora, produziu vivíssima impressão no meu espírito; ajudado por minha memória de menino de treze anos, apenas entrei em casa escrevi, palavra por palavra, quanto me havia acontecido. Isso me tirou o trabalho de mentir, porque adormecendo sobre o papel que acabava de escrever, meu pai o leu à sua vontade e soube o destino do camafeu, sem precisar que eu lhe dissesse. Ele ainda estava junto de mim quando despertei, exclamando: o meu breve!... o velho!... minha mulher!...

— Anda, doidinho — disse-me meu pai com bondade —, eu te perdoo as novas loucuras, em louvor da ação que praticaste, socorrendo um velho enfermo; agora, guarda, eu to peço, e mesmo to mando: guarda melhor esse breve do que guardaste o camafeu.

E isso dizendo, deixou-me.

Não se falou mais nesse acontecimento; soube que o velho morrera no dia seguinte e que, no momento da agonia, abençoara de novo a minha camarada e a mim.

Meu pai fez todas as despesas do enterro do velho e socorreu a sua desgraçada família.

Eu nunca mais vi, nem tive notícia alguma da minha interessante camarada, mas nem por isso a esqueci, minha senhora... porque, ou seja que meu coração a tivesse amado deveras, ou que esse breve tivesse alguma coisa de encantador, o certo é que eu ainda hoje me lembro com saudades dessa criança tão travessa, porém tão bela. Sem saber seu nome, pois nem lho perguntei, nem ela mo disse, quando quero falar a seu respeito, digo sempre: minha mulher! Riem-se... não me importa: eu não posso dizer de outro modo*.

Sempre com sua imagem na minha alma, com seu engraçado sorriso diante de meus olhos, com suas sonoras palavras soando a meus ouvidos, passei cinco anos pensando nela de dia, e com ela sonhando de noite; era uma loucura, mas que havia eu de fazer?... Cheguei assim aos meus dezoito anos.

*** A fidelidade é uma das características do amor romântico. Aqui se revela um outro lado de Augusto, que até então não se conhecia: seu verdadeiro romantismo.**

Eu já era, pois, mancebo. Meus pais nada poupavam para me educar convenientemente, e eu aprendia quanto me vinha à cabeça; diziam que a minha voz era sonora, e por tal convidavam-me para cantar em elegantes sociedades; julgavam que eu dançava com graça e lá ia eu para os bailes; finalmente, como cheguei a fazer algumas quadras, pediam-me para recitar sonetos em dias de anos, e assim introduziram-me em mil reuniões, onde as belezas formigavam* e os amores eram **dardejados** por brilhantes olhos de todas as cores**.

Além disso frequentava as casas de meus companheiros de estudos e os ouvia contar proezas de paixões, triunfos e derrotas amorosas. Meu amor-próprio se despertou, e tive vontade de amar e ser amado.

Julguei essa minha determinação ainda mais justa, pois tendo ido passar certas férias na roça, e falando mil vezes no meu breve e em minha mulher, ouvi minha mãe dizer uma vez, em que me julgava longe:

— Temo que esse breve tire o juízo àquele menino; talvez que nos seja preciso casá-lo cedo.

Portanto, para não ouvir somente, mas também para contar alguma vitória de amor, para não endoidecer por causa do breve e, finalmente, para não ser necessário à minha mãe casar-me cedo, determinei-me a amar.

— Esqueceu-se, por consequência, de sua mulher e do seu breve? — perguntou a sra. d. Ana, interrompendo Augusto.

— Ao contrário, minha senhora — tornou este —, foi essa minha resolução que me tornou mais firme e mais amante de minha mulher.

— Não sei — continuou Augusto — que teve o amor comigo, para entender que todas as moças deviam rir-se de mim e zombar de meus afetos! Pensa que brinco, minha senhora?... pois foi isso mesmo que me sucedeu no decurso de minhas paixões. Eu resumo algumas.

A primeira moça que amei era uma bela moreninha, de dezesseis anos de idade. Fiz-lhe a minha declaração na carta mais patética que um pateta poderia conce-

*** Onde as belezas formigavam: onde havia muitas jovens bonitas.**

Dardejados: lançados.

**** Augusto menciona aspectos de formação de um rapaz rico.**

ber; no fim de três dias recebi uma resposta abrasadora e cheia de **protestos** de gratidão e ternura; meu coração se entusiasmou com isso. Na primeira reunião de estudantes contei a minha vitória, li a minha carta e a resposta que havia recebido. Fui vivamente aplaudido; porém, oito dias depois, os mesmos estudantes quase me quebraram a cabeça com **cacholetas** e gargalhadas, porque oito dias, bem contadinhos, depois dessa resposta, a minha terna amada casou-se com um velho de sessenta anos*. Jurei não amar moça nenhuma que tivesse a cor morena.

Apaixonei-me logo e fui, desgraçadamente, correspondido por uma interessante jovem tão coradinha, que parecia mesmo uma rosa francesa. Nós nos encontrávamos nas noites dos sábados em certa casa, onde se dava todas as semanas uma **partida**; era a mais agradável sabatina que podia ter um estudante; porém o meu novo amor chegava a ser tocante demais, e a minha querida levava o ciúme até um ponto que me atormentava prodigiosamente: se passava algum dia em que não a visse e lhe não mandasse uma flor, aparecia-me depois chorosa e abatida; se na tal partida eu me atrevia a dançar com alguma outra moça bonita, era contar com um desmaio certo, e desmaio de que não acordava sem que eu mesmo lhe chegasse ao nariz o seu vidrinho de essência de rosas; tudo mais era por esse teor e forma. Esse amor já estava um pouco velho, certamente, tinha três meses de idade. Um sábado mandei-lhe prevenir que faltaria à partida; mas tendo terminado cedo meus trabalhos, não pude resistir ao desejo de vê-la e fui à reunião; eram onze horas da noite quando entrei na sala, procurei-a com os olhos e certo moço, com quem me dava, que me entendeu, apontou para um gabinete vizinho. Voei para ele.

Ela estava sentada junto de um mancebo e com as costas voltadas para a porta; tomavam sorvete. Cheguei-me de manso: conversavam os dois, sem vergonha nenhuma, em seus amores!... Fiquei espantado e tan-

Protestos: manifestações.

Cacholetas: pancadinhas com os dedos na cabeça de alguém.

* De fato, não eram raros os casamentos arranjados entre uma jovem e um idoso, quase sempre por interesses econômicos.

Partida: reunião entre pessoas amigas, geralmente animada com música e dança.

to mais que, pelo que ouvi, eles já se correspondiam há muito tempo; mas o meu espanto se tornou em fúria quando ouvi o **machacaz** falar no meu nome, fingindo-se zeloso, e receber em resposta as seguintes palavras: — Augustozinho?... Lamente-o antes, coitado! é um pobre menino com quem me divirto nas horas vagas!... Soltei um surdo gemido; a traidora olhou para mim e, voltando-se depois para o seu querido, disse com o maior sangue-frio: — Ora, aí tem! perdi por sua causa esse divertimento*.

Jurei não amar moça nenhuma de cor rosada. Sem emendar-me, ainda tornei-me cego amante de uma jovem pálida, e, como das outras vezes, fui correspondido com ardor; mas desta tive eu provas de afeto muito sérias. Antes de ver-me, ela amava um primo e até escrevia-lhe a miúdo; eu exigi que a minha terceira amada continuasse a receber cartas dele e que as respondesse; consentiu nisso, com a condição de lhe redigir eu as respostas. Belo! disse eu comigo: vou também divertir-me por minha vez à custa de um amante infeliz!

E o negócio ficou assentado.

Infelizmente eu não conhecia o primo da minha amada, mas essa era a infelicidade mais tolerável possível.

Um dia tratamos de encontrar-nos em certa igreja, onde tinha de haver esplêndida festa; cheguei cedo, mas logo depois de minha chegada rebentou uma tempestade e choveu prodigiosamente. Pouco durou o mau tempo, porém as ruas deveriam ter ficado alagadas e a bela esperada não podia vir; apesar disso eu olhava a todos os momentos para a porta e, coisa notável, sempre encontrava os olhos de um outro moço, que se dirigiam também para lá; acabada a festa, ambos nos aproximamos.

— Nós devemos ser amigos — disse ele.

— Eu penso do mesmo modo — respondi.

E apertamos as mãos.

— Sou capaz de jurar que adivinho a razão por que o senhor olhava tanto para aquela porta — continuou ele.

Machacaz: astucioso, espertalhão.

*** Nos casos contados por Augusto, o humor fica bem evidente no ridículo das situações e sentimentos vividos pela personagem.**

— E eu também.

— Convenho: esperávamos ambos nossas amadas e a chuva mangou conosco.

— Exatamente.

— Mas nós vamos, sem dúvida, vingar-nos, indo agora vê-las à janela.

— Eu queria propor a mesma vingança.

— Bravo!... iremos juntos... onde mora a sua?...

— Na Rua de...

— Ainda melhor... a minha é na mesma rua.

Saímos da igreja, abraçamo-nos e fomos. A minha amada morava perto, eu avistei-a debruçada na janela, talvez me esperando, pois olhava para o lado donde eu vinha; abri a boca para dizer ao meu novo amigo: é aquela!... quando ele me pronunciou com indizível prazer a mesma coisa!...

Julgue, minha senhora, da minha exasperação! pela terceira vez eu era a boneca de uma menina!...

Não sei por que ainda tive ânimo de tirar o meu chapéu à tal pálida, que ao menos dessa vez se fez cor-de-rosa, talvez por ver-me de braço com o novo amigo.

Passando a maldita casa, Jorge, que assim se chamava o moço, disse-me com fogo:

— Aquela jovem adora-me!

— Está certo disso, meu amigo?

— Tenho provas.

— Acredita muito nelas?

— Tenho as mais fortes; por último recebi ainda a de maior confiança: eu lhe conto. Um estudante a requestou e escreveu-lhe; ela mandou-me a carta, e eu respondi em seu lugar. A correspondência tem continuado por minha vontade e sou eu quem sempre faço a norma das cartas que ela deve escrever; achará isso imprudência, e eu acho um belo divertimento.

— Sim... um belo divertimento...

— Mas que é isso? Está tão pálido!...

— Não é coisa de cuidado... Eu... ora... o estudante...

— É por certo um famoso pateta...

— Não é bom ir tão longe...

— Não tem dúvida... é um tolo rematado.

— Fale-me a verdade: eu acho aquela moça com cara de ser sua prima.

— Quem lhe disse?... É, com efeito, minha prima!

— Pois vamos à minha casa.

— E a sua amada?...

— Não me fale mais nela.

Apenas chegamos à minha casa, abri uma gaveta, e tirando dela todas as cartas que Jorge havia escrito à sua prima, e que ela me tinha mandado, assim como as normas que eu redigira para as que deveriam ser enviadas ao meu amigo, acrescentando:

— Concordemos ambos que, se o estudante foi um famoso pateta e um tolo rematado, não o foi menos o primo daquela senhora a quem cortejamos na Rua de...

Jorge devorou todas as cartas e normas que lhe dei; depois desatou a rir e, abraçando-me, exclamou:

— Concordemos também, caro estudante, que minha prima tem bastante habilidade para se corresponder com meio mundo, sem se incomodar com o trabalho da redação de suas cartas!...

O bom humor de Jorge tornou-me alegre. Jantamos juntos, rimo-nos todo o dia, e só de noite se retirou.

Tratei de dormir, mas, antes de adormecer, falei ainda comigo mesmo: juro que não hei de amar a moça nenhuma de cor pálida.

Desde então declarei guerra ao amor, minha senhora; tornei-me ao que era dantes, isto é, ocupei-me somente em me lembrar de minha mulher e em beijar o meu breve.

Mas eu andava triste e abatido e às vezes pensava assim: ora, pois, jurei não amar moça nenhuma que fosse morena, corada ou pálida: essas são as cores, esses são os tipos da beleza... e, portanto, minha mulher terá, a pesar meu, uma das tais cores; logo não me caso com minha mulher e, em última conclusão, serei **celibatário**; vou ser frade... frade!...

Minha tristeza, meu abatimento deu nos olhos da digna, jovial e espirituosa esposa de um de meus bons amigos. Ela me pediu que lhe confiasse as minhas penas e eu não pude deixar de relatar esses três fatos à consorte de um caro amigo.

A única consolação que tive foi vê-la correr para o piano, e ouvi-la cantar as seguintes e outras quadrinhas musicadas no gosto nacional:

Celibatário: solteirão.

I

Menina solteira
Que almeja casar
Não caia em amar
A homem algum;
Nem seja notável
Por sua ***esquivança****,*
Não tire a esperança
De amante nenhum.

II

Mereçam-lhe todos
Olhares ardentes,
Suspiros ferventes
Bem pode soltar:
Não negue a nenhum

Protestos de amor;
A qualquer que for
O pode jurar.

III

Os velhos não devem
Formar exceção,
Porquanto eles são
Um grande partido;
Que, em falta de moço
Que fortuna faça,
Nunca foi desgraça
Um velho marido.

IV

Ciúmes e zelos,
Amor e ternura
Não será loucura
Fingida estudar;
Assim ganhar tudo

Esquivança: desinteresse, desprezo.

Moças se tem visto,
Serve muito isso
Antes de casar.

V
Contra os **ardilosos**
Oponha seu brio:
Tenha sangue-frio
Pra saber fugir,
Em todos os casos
Sempre deve estar
Pronta pra chorar,
Pronta para rir.

VI
Pode bem a moça,
Assim praticando,
Dos homens zombando,
A vida passar;
Mas, se aparecer
Algum toleirão,
Sem mais reflexão,
É logo casar.

— Então o negócio é assim, minha senhora? — exclamei eu, ao vê-la levantar-se do piano.

— Certamente — me respondeu ela —, é esse, pouco mais ou menos, o breviário por onde reza a totalidade das moças.

— Fico-lhe extremamente agradecido pelo desengano.

— Estimo que lhe sirva de muito.

— Já serve, minha senhora; já tirei grande proveito dele.

— E como?...

— Escute. Abatido e desesperado com os meus infortúnios, eu tinha jurado não amar a mais nenhuma moça que fosse morena, corada ou pálida: estavam, pois, esgotados os belos tipos... eu deveria morrer celibatário.

Ardilosos: espertos, astutos.

— E agora?...

— Agora?... graças ao seu **lundu**, juro que de hoje avante amarei a todas elas... morenas, coradas, magras e gordas, **cortesãs** ou roceiras, feias ou bonitas... tudo serve.

— E, com efeito, minha senhora — continuou Augusto, dirigindo-se à sra. d. Ana — fiz-me absolutamente um ser novo, graças ao lundu; guardando e beijando com desvelo o meu querido breve, que sempre comigo trago, eu conservo a lembrança mais terna e constante de minha mulher: ela é o amor de meu coração, enquanto todas as outras são divertimentos dos meus olhos e o passatempo de minha vida. Eis, finalmente, a história de meus amores!... Tais foram as razões que me tornaram borboleta de amor.

Terminando assim, Augusto ia respirar um instante, quando pela segunda vez lhe pareceu ouvir ruído na porta da gruta.

— Alguém nos escuta — disse ele, como da outra vez.

— É talvez uma nova ilusão... — respondeu a digna hóspeda.

— Não, minha senhora; eu ouvi distintamente a bulha de uma pessoa que corre — tornou Augusto, dirigindo-se à entrada da gruta e observando ao derredor dela.

— Então?... — perguntou a sra. d. Ana.

— Enganei-me, na verdade.

— Mas vê alguém?...

— Apenas lá vejo a sua bela neta, a sra. d. Carolina, que se precipita com a maior graça do mundo sobre uma borboleta que lhe foge, e que ela procura prender.

— Uma borboleta...*

9. A SRA. D. ANA COM SUAS HISTÓRIAS

Finalmente, o bom do estudante que, quando lhe dava para falar, era mais **difuso** que alguns de nossos

Lundu: canto de origem africana. Nesse caso, está sendo usado com o sentido geral de canção.

Cortesãs: que frequentam a corte.

* A metáfora está presente nessa passagem. Augusto se define como borboleta, devido a sua volubilidade, mas a graça infantil de Carolina tenta capturar essa borboleta. Em outras palavras, a cena simboliza o envolvimento amoroso que está em curso entre os dois jovens.

Difuso: que fala demais.

deputados novos na discussão do artigo primeiro dos orçamentos, julgou dever fazer pausa de suspensão*; mas a sra. d. Ana, que já tinha-o por vezes interrompido fora de tempo e debalde, não quis tomar a palavra para responder, sem assegurar-se, dirigindo-lhe estas palavras pela ordem:

— Então concluiu, sr. Augusto?...

— Sim, minha senhora; e peço-lhe perdão por me haver tornado incômodo, pois fui, sem dúvida, tão minucioso em minha narração que eu mesmo tanto me fatiguei, que vou beber uma gota d'água.

E isso dizendo, foi ao fundo da gruta, e enchendo o copo de prata na bacia de pedra, o esgotou até o fim; quando voltou os olhos, viu que a boa hóspeda estava rindo-se maliciosamente.

— Sabe de que estou rindo?... — disse ela.

— Certamente que não o adivinho.

— Pois estava nesse momento lembrando-me de uma tradição muito antiga, seguramente **fabulosa**, mas bem **apropositada** dessa fonte, e que tem muita relação com a história dos seus amores e com o copo d'água que acaba de beber.

— V.Sa. põe em tributo a minha curiosidade...

— Eu o satisfaço com todo o prazer.

A sra. d. Ana principiou:

As lágrimas de amor**

Eu lhe vou contar a história das lágrimas de amor, tal qual a ouvi à minha avó, que em pequena a aprendeu de um velho **gentio** que nesta ilha habitava:

Era no tempo em que ainda os portugueses não haviam sido por uma tempestade empurrados para a Terra de Santa Cruz. Esta pequena ilha abundava de belas aves e em derredor pescava-se excelente peixe. Uma jovem tamoia, cujo rosto moreno parecia tostado pelo fogo em que ardia-lhe o coração, uma jovem tamoia linda e sensível, tinha por habitação esta rude gruta, onde

*** Novamente o humor do narrador se faz presente, ao ironizar a seriedade de Augusto.**

Fabulosa: lendária.

Apropositada: a propósito.

**** História dentro da história, como no caso dos breves no Capítulo 7.**

Gentio: índio.

ainda então não se via a fonte que hoje vemos. Ora, ela, que até os quinze anos era inocente como a flor, e por isso alegre e folgazona como uma cabritinha nova, começou a fazer-se tímida e depois triste, como o gemido da rola; a causa disso estava no agradável **parecer** de um mancebo da sua tribo, que diariamente vinha caçar ou pescar à ilha, e vinte vezes já o havia feito sem que de uma só desse fé dos olhares ardentes que lhe dardejava a moça. O nome dele era Aoitin; o nome dela era Ahy. A pobre Ahy, que sempre o seguia, ora lhe apanhava as aves que ele matava, ora lhe buscava as flechas disparadas, e nunca um só sinal de reconhecimento obtinha; quando no fim de seus trabalhos, Aoitin ia adormecer na gruta, ela entrava de manso e com um ramo de palmeira procurava, movendo o ar, refrescar a fronte do guerreiro adormecido. Mas tantos extremos eram tão mal pagos que Ahy, de cansada, procurou fugir do insensível moço e fazer por esquecê-lo; porém, como era de esperar, nem fugiu-lhe e nem o esqueceu.

Desde então tomou outro partido: chorou. Ou porque a sua dor era tão grande que lhe podia exprimir o amor em lágrimas desde o coração até os olhos, ou porque, **selvagem mesmo**, ela já tinha compreendido que a grande arma da mulher está no pranto, Ahy chorou.

E também porque nas lágrimas de amor há, como na saudade, uma doce amargura, que é veneno que não mata, por vir sempre temperado com o reativo da esperança, a moça julgou dever separar da dor, que a fazia chorar amargores, a esperança que no pranto lhe adicionava a doçura, e, tendo de exprimir a doçura, Ahy cantou.

Seu canto era triste e selvagem, mas terno canto. Dizem que um velho frade português, ouvindo-o por tradição ao correr de muitos anos, o traduziu para a nossa língua e fez dele uma balada, a qual minha neta canta*.

Todos os dias, ao romper da aurora, a pobre Ahy subia ao rochedo, que serve de teto a esta gruta, e esperava

Parecer: aparência.

Selvagem mesmo: embora selvagem.

* Note a identificação proposital entre Ahy e Carolina, que serve para estabelecer uma analogia entre os dois casos de amor vividos pelas duas heroínas.

a **piroga** de Aoitin. Mal a avistava ao longe, chorava e cantava horas inteiras, sem descanso, até que se partia o bárbaro que nunca dela dera fé, nem mesmo quando, dormindo na gruta, o canto soava sobre a sua cabeça.

Mas Ahy era tão formosa e sua voz tão sonora e terna, que o mesmo que não pôde vencer o insensível moço, pôde do bruto rochedo: com efeito, seu canto havia amolecido a rocha e as suas lágrimas a traspassaram.

E o mancebo vinha sempre e sempre, e ela cantava e chorava e nunca ele a atendia.

Uma vez, e já então o rochedo estava todo traspassado pelas lágrimas da virgem selvagem, uma vez veio Aoitin e, como das outras, não olhou para Ahy, nem lhe escutou as sentidas cantigas; entregou-se a seus prazeres e, quando se sentiu fatigado, entrou na gruta e adormeceu num leito de verde relva; mas, ao tempo que em mais sossego dormia, duas gotas das lágrimas de amor, que tinham passado através do rochedo, caíram-lhe sobre as pálpebras, que lhe cerravam os olhos. Aoitin despertou; e tomando suas flechas, correu para o mar, mas, saltando dentro de sua piroga e afastando-se da ilha, ele viu sobre o rochedo a jovem Ahy e disse bem alto:

— Linda moça!

No outro dia ele voltou e já, então, olhou para a virgem selvagem, mas não ouviu ainda o canto dela; depois de caçar veio, como sempre, adormecer na gruta; e, dessa vez, a gota de lágrima lhe veio cair no ouvido; e na volta não só admirou a beleza da jovem, como, ouvindo a terna cantiga, disse bem alto:

— Voz sonora!

Terceiro dia amanheceu e Aoitin viu e ouviu Ahy, caçou e cansou, veio repousar na gruta e dessa vez a gota de lágrima lhe caiu no lugar do coração e, quando voltava, disse bem alto:

— Sinto amar-te!

Ora, parece que nada mais faltava a Ahy, e que a ela cumpria responder a esse último grito de Aoitin, confessando também o seu amor tão antigo; mas a natureza da

Piroga: embarcação indígena feita com tronco de árvore.

mulher é a mesma, tanto na selvagem, como na civilizada. A mulher deseja ser amada, fingindo não amar; deseja ser senhora do mesmo de quem é escrava: e pois Ahy nada respondeu; mas riu-se, e suas lágrimas secaram; porém já a esse tempo as muitas que havia derramado tinham dado origem a essa fonte, que ainda hoje existe.

No dia seguinte veio Aoitin, e viu a sua amada, que já não cantava, nem chorava: mesmo antes de **abicar** à praia, foi clamando:

— Sinto amar-te!

E Ahy não respondeu, e só sorriu-se.

Nada de caça... nada de pesca... já o insensível era escravo e não vivia longe do encanto que o prendia: correu, pois, para a gruta, deitou-se, mas não dormiu. Quem ama não dorme; sentiu que em suas veias corria sangue ardente, que seu coração estava em fogo: era a febre do amor... Aoitin teve sede, e a dois passos viu a fonte que manava; correu **açodado** para o pé dela e, ajuntando as suas mãos, foi bebendo as lágrimas de amor. A cada trago que bebia, um raio de esperança lhe brilhava, e quando a sede foi saciada já estava feliz: a fonte era milagrosa.

As lágrimas de amor, que haviam tido o poder de tornar amante o insensível mancebo, não puderam esconder a sua origem e fizeram com que Aoitin conhecesse que era amado.

Então ele não mais buscou sua piroga. Saindo da gruta, fez um rodeio e foi, de manso, trepando pelo rochedo, até chegar junto de Ahy, que, com os olhos na praia do lado oposto, esperava ver partir o seu amante e ouvir o seu belo grito:

— Sinto amar-te!

Mas de repente ela estremeceu, porque uma mão estava sobre seu ombro; e quando olhou, viu Aoitin, que, sorrindo-se, lhe disse num tom seguro e terno:

— Tu me amas!?

Ahy não respondeu, mas também não fugiu dos braços de Aoitin, nem ficou devendo o beijo que nesse instante lhe estalou na face.

Abicar: tocar com o bico da canoa; chegar (à praia).

Açodado: apressado.

Desde então foram felizes ambos na vida, e foi numa mesma hora que morreram ambos.

A fonte nunca mais deixou de existir, e há ainda quem acredite que por desconhecido encanto conserva duas grandes virtudes...

Dizem, pois, que quem bebe dessa água não sai da nossa ilha sem amar alguém dela e volta, por força, em demanda do objeto amado; e em segundo lugar, querem também alguns que algumas gotas bastam para fazer a quem bebe adivinhar os segredos de amor*.

— Terminei aqui a minha história — disse a sra. d. Ana, respirando.

— E eu sou capaz de jurar — disse Augusto — que pela terceira vez sinto o ruído de alguém que se retira correndo.

— Pois examine depressa.

Augusto correu à porta e voltou logo depois.

— E então?... — perguntou a sra. d. Ana.

— Ninguém — respondeu o estudante.

— E vê alguém no jardim?...

Apenas a sra. d. Carolina, que vai apressadamente para o rochedo**.

— Sempre minha neta!...

— E eu, minha senhora, tenho que pedir-lhe uma graça.

— Diga.

— Rogo-lhe que, por sua intervenção, me facilite o prazer de ouvir sua linda neta cantar a balada de Ahy, que tanto me interessou com o seu amor.

— Oh!... não carece pedir: não a ouve cantar sobre o rochedo?... É a balada***.

— Será possível?!

— Adivinhou o seu pensamento.

*** A lenda contada por d. Ana tem duas características do Romantismo brasileiro: o indianismo em seu aspecto primitivo nacional e o apelo à magia do amor.**

**** Carolina está sempre por perto, o que confirma as insinuações de que a moça está tentando escutar a conversa entre Augusto e d. Ana.**

***** Há aqui uma identificação entre Ahy e Carolina. Tanto para uma quanto para a outra heroína, o canto é o modo de manifestar o amor e encantar a pessoa amada.**

10. A BALADA DO ROCHEDO

A hóspeda e o estudante deixaram então a gruta e, tomando o campo do jardim para vencer a altura do rochedo, viram a bela Moreninha em pé e voltada para o mar, com seus cabelos negros divididos em duas tranças que caíam pelas espáduas, e cantando com terna voz o seguinte:

I

Eu tenho quinze anos
E sou morena e linda!
Mas amo e não me amam,
E tenho amor ainda.
E por tão triste amar,
Aqui venho chorar.

II

O riso de meus lábios
Há muito que murchou;
Aquele que eu adoro
Ah! foi quem matou;
Ao riso, que morreu,
O pranto sucedeu.

III

O fogo de meus olhos
De todos se acabou,
Aquele que eu adoro
Foi quem apagou:
Onde houve fogo tanto
Agora corre o pranto

IV

A face cor de jambo
Enfim se descorou
Aquele que eu adoro
Ah! foi quem a desbotou:
A face tão rosada
De pranto está lavada!

V

O coração tão puro
Já sabe o que é amor,
Aquele que eu adoro
Ah! só me dá rigor:
O coração no entanto
Desfaz o amor em pranto.

VI

Diurno aqui se mostra
Aquele que eu adoro;
E nunca ele me vê,
E sempre o vejo e choro;
Por paga a tal paixão
Só lágrimas me dão!

VII

Aquele que eu adoro
É qual rio que corre,
Sem ver a flor pendente
Que à margem murcha e morre:
Eu sou a pobre flor
Que vou murchar de amor.

VIII

São horas de raiar
O sol dos olhos meus,
Mau sol! queima a florzinha
Que adora os olhos seus:
Tempo é do sol raiar
E é tempo de chorar.

IX

Lá vem sua piroga
Cortando leve os mares
Lá vem uma esperança
Que sempre dá pesares:

Lá vem o meu encanto.
Que sempre causa pranto.

X
Enfim abica à praia,
Enfim salta apressado
Garboso como o cervo
Que salta alto **valado**:
Quando há de ele cá vir
Só pra me ver sorrir?

XI
Lá corre em busca de aves
A selva que lhe é cara,
Ligeiro como a seta
Que do arco seu dispara:
Quando há de ele correr
Somente para me ver?

XII
Lá vem do feliz bosque
Cansado de caçar,
Qual beija-flor que cansa
De mil flores a beijar:
Quando há de ele, cansado,
Descansar a meu lado?

XIII
Lá entra para a gruta,
E cai na rude cama,
Qual flor de belas cores,
Que cai do pé na grama:
Quando há de nesse leito
Dormir junto a meu peito?

XIV
Lá súbito desperta,
E na piroga embarca,

Valado: vala, fosso.

Qual sol que, se ocultando,
O fim do dia marca:
Quando hei de este sol ver
Não mais desaparecer?

XV
Lá voa na piroga,
Que o rasto deixa aos mares,
Qual sonho que se esvai
E deixa após pesares:
Quando há de ele cá vir
Pra nunca mais fugir?...

XVI
Oh bárbaro! tu partes
E nem sequer me olhaste?
Amor tão delicado
Em outra já achaste?
Oh bárbaro! responde,
Amor como este, aonde?

XVII
Somente para teus beijos
Te guardo a boca pura;
Em que lábios tu podes
Achar maior doçura?...
Meus lábios, murchareis,
Seus beijos não tereis!

XVIII
Meu colo alevantado
Não vale teus abraços?...
Que colo há mais formoso,
Mais digno de teus braços?
Ingrato! morrerei...
E não te abraçarei.

XIX

Meus seios ***entonados***
Não podem ter valia?
Desprezas as delícias
Que neles te of'recia?
Pois hão de os seios puros
Murcharem prematuros?

XX

Não sabes que me chamam
A bela do deserto?...
Empurras para longe
O bem que te está perto?...
Só pagas com rigor
As lágrimas de amor?...

XXI

Ingrato! Ingrato! foge...
E aqui não tornes mais,
Que, sempre que tornares,
Terás de ouvir meus ais:
E ouvir queixas de amor,
E ver pranto de dor!...

XXII

E, se amanhã vieres,
Em pé na rocha dura
'Starei cantando aos ares
A mal paga ternura...
Cantando me ouvirás
Chorando me acharás!..

Entonados: altivos.

11. TRAVESSURAS DE D. CAROLINA

Mas ela não para: o movimento é a sua vida; esteve no jardim e em toda parte; cantou sobre o rochedo e ei-la outra vez no jardim! Infatigável, apenas suas faces se coraram com o rubor da agitação. Travessa menina!... Porém ela tempera todas as travessuras com tanta viveza, graça e espírito, que menos valera se não fizera o que faz. Não há um só, entre todos, de cuja alma não se tenham esvaído as ideias desfavoráveis que à primeira vista produzira o gênio inquieto de d. Carolina. O mesmo Augusto não pôde resistir à vivacidade da menina. Encontrando Leopoldo, disseram duas palavras sobre ela.

— Então, como a achas agora?... — disse Leopoldo, apontando para a irmã de Filipe.

— Interessante, espirituosa e capaz de **levar a glória** ao mais **destro casuísta**. Olha, Fabrício vê-se doido com ela.

— Só isso?...

— Acho-a bonita.

— Nada mais?...

— Tem voz muito agradável.

— É tudo o que pensas?...

— Tem a boca mais **engraçada** que se pode imaginar.

— Só?...

— Muito esbelta.

— Que mais?

— É tão ligeira como um juramento de mulher.

— Dize tudo de uma vez.

— Pois que queres mais que eu diga?

— Que a amas!... Que dás o cavaco por ela.

— Amá-la? não faltava mais nada! Amo-a como amo as outras... isto sim.

— Pois meu amigo, todos nós estamos derrotados; o diabinho da menina nos tem posto o coração em

Levar a glória: vencer.

Destro: hábil, esperto.

Casuísta: aquele que sabe argumentar muito bem.

Engraçada: graciosa.

retalhos. Se, de novo, se **fizer a saúde** que hoje fizemos, todos, à exceção de Filipe, pronunciarão a letra C.

— Também Fabrício?

— Ora! esse está doente... perdido... doido enfim!

— E ela?

— Zomba de todos nós; cada cumprimento que lhe endereçamos paga ela com uma resposta que não tem troco e que nos racha de meio a meio. Tu ainda lhe não disseste nada?

— Coisas vãs... e **palavras da tarifa**.

— E ela?

— Palavras da tarifa... e coisas vãs.

— Tanto melhor para mim.

— Pois é opinião geral que ela te prefere a todos nós.

— E pior para ela, mas... adeus! o meu lindo par se levanta do banco de relva em que descansava, vou tomar-lhe o braço; tenho-me singularmente divertido: a bela senhora é filósofa!... faze ideia! Já leu **Mary Wollstonecraft** e, como esta defende o direito das mulheres, **agastou-se** comigo, porque lhe pedi uma comenda para quando fosse ministra de Estado, e a patente de cirurgião de exército, no caso de chegar a ser general; mas, enfim, fez as pazes, pois lhe prometi que, apenas me formasse, trabalharia para encartar-me na Assembleia Provincial e lá, em lugar das maçadas de pontes, estradas e canais, promoveria a discussão de uma mensagem ao governo-geral, em prol dos tais direitos das mulheres; além de que... Mas... tu bem vês que ela me está chamando; adeus!... adeus!...*****

No entanto d. Carolina continuava a cativar todos os olhares e atenções; tinham notado, é verdade, que ela estivera alguns momentos recostada à efígie da Esperança, triste e pensativa. Fabrício jurava mesmo que a vira enxugar uma lágrima******, mas logo depois lhe desaparecera completamente a menor aparência de tristeza, tornou a brilhar o prazer em ebulição.

Todos tinham tido seu quinhão, maior ou menor, segundo os merecimentos de cada um, nas graças

Fazer a saúde: brindar. Leopoldo está se referindo à brincadeira, à hora do jantar, na qual citaram as letras iniciais dos nomes das amadas.

Palavras da tarifa: palavras banais; conversa comum, corriqueira.

Mary Wollstonecraft (1759-1797): escritora inglesa; reivindicava a igualdade de direitos entre homens e mulheres.

Agastou-se: irritou-se, zangou-se.

*** Leopoldo ironiza o desejo de igualdade social das mulheres.**

**** Por que teria chorado a Moreninha?**

maliciosas da menina. Ninguém havia escapado: Fabrício era a vítima predileta, porque também fora ele o único que se atreveu a travar luta com ela.

Finalmente d. Carolina acabava de entrar outra vez no jardim, depois de ter cantado sua balada. De todos os lados soavam-lhe os parabéns, mas ela escapou a eles, correndo para junto de uma roseira toda coroada por suas belas e rubras flores.

Fabrício, que ainda não estava suficientemente castigado e que, além disso, começava a gostar seu ***tantum*** da Moreninha, dirigiu-se com d. Joaninha para o lado em que ela se achava.

— É decididamente o que eu pensava — disse Fabrício quando se viu ao pé de d. Carolina; e, dirigindo-se a d. Joaninha: sim... sua bela prima ama as rosas, exclusivamente.

— Conforme as ocasiões e circunstâncias — respondeu a menina.

— Poderia eu merecer a honra de uma explicação? — perguntou Fabrício.

— Com toda a justiça e — continuou d. Carolina rindo-se — tanto mais que foi a V.Sa. que me dirigi. Eu queria dizer que, entre um beijo-de-frade ou um cravo-de-defunto e uma rosa, não hesito em preferir a última.

Fabrício fingiu não entender a alusão e continuou:

— Todavia não é sempre bem pensada semelhante preferência; a rosa é como a beleza: encanta, mas espinha! V.Sa. o sabe, não é assim?

— Perfeitamente, mas também não ignoro que a rosa só espinha quando se defende de alguma mão impertinente que vem perturbar a paz de que goza. V.Sa. o sabe, não é assim?

— Oh! então a sra. d. Carolina foi bem imprudente em quebrar o pé dessa rosa com que brinca, expondo assim seus delicados dedos: e bem cruel também em fazê-la murchar de inveja, tendo-a defronte de seu formoso semblante.

— Pela minha vida, meu caro senhor! nunca vi pedir uma rosa com tanta graça: quer servir-se dela?

Tantum **(em latim): tanto, bastante.**

— Seria a mais apetecível glória...

— Pois aqui a tem... Querido primo, nada de ciúmes.

E Fabrício, recebendo o belo presente, em vez de olhar para a mão que o dava, atentava em êxtase o rosto moreno e o sorrir malicioso de d. Carolina. Ao momento de se encontrar a mão que dava e a que recebia, Fabrício sentiu que lhe apertavam os dedos; seu primeiro pensamento foi acreditar que era amado, mas logo se lhe apagou esse raio de vaidade, pois que ele retirou vivamente a mão, exclamando involuntariamente:

— Ai! feri-me!...

Era que a travessa lhe havia apertado os dedos contra os espinhos da rosa. Mas a flor tinha caído na relva: Fabrício, já menos desconcertado, a levantou com presteza; e encarando a irmã de Filipe, disse-lhe em tom meio vingativo:

— Foi um combate sanguinolento, mas ganhei o prêmio da vitória!...

— Pois feriu-se?... — perguntou d. Carolina, chegando-se com fingido cuidado para ele.

— Nada foi, minha senhora: comprei uma rosa por algumas gotas de sangue... valeu a pena.

— Maldita rosa! — exclamou a Moreninha, teatralmente... — maldita rosa! eu te amaldiçoo!...

E dando um piparote na inocente flor, a desfolhou completamente: não ficou na mão de Fabrício mais que o verde cálice. D. Carolina correu para junto de sua digna avó, e o pobre estudante ficou desconcertado.

— E essa! — murmurou ele enfim*.

— Foi muito bem-feito! — disse d. Joaninha, cheia de **zelos** e dando-lhe um beliscão que o fez ir às nuvens.

— Perdão, minha senhora... seja pelo amor de Deus! — exclamou Fabrício, que se via batido por todos os lados.

No entanto começava a declinar a tarde. Uma voz reuniu todas as senhoras e senhores em um só ponto; servia-se o café num belo caramanchão, mas como fosse ele pouco espaçoso para conter tão numerosa sociedade, aí só se abrigaram as senhoras, enquanto os homens se conservaram da parte de fora.

*** Observe, no diálogo, o jogo de sedução, no qual as palavras têm sempre duplo sentido: ganhar a rosa de Carolina seria conseguir sua atenção e interesse, mas a esperta menina, além de ferir Fabrício, destrói a rosa, o símbolo da conquista.**

Zelos: ciúmes.

Escravas decentemente vestidas* ofereciam chávenas de café fora do caramanchão e, apesar disso, d. Carolina se dirigiu com uma para Fabrício, que praticava com Augusto.

— Eu quero fazer as pazes, sr. Fabrício; vejo que deve estar muito agastado comigo e venho trazer-lhe uma chávena de café temperado pela minha mão.

Fabrício recuou um passo e colocou-se **à ilharga** de Augusto; ele desconfiava das **tenções** da menina, e sua primeira ideia foi esta: o café não tem açúcar.

Então começou entre os dois um duelo de cerimônias, que durou alguns instantes; finalmente, o homem teve de ceder à mulher. Fabrício ia receber a chávena, quando esta estremeceu no pires... D. Carolina, temendo que sobre ele se entornasse o café, recuou um pouco. Fabrício fez outro tanto, e a chávena, ainda mal tomada, tombou e o café derramou-se **inopinadamente**. Fabrício recuou ainda mais com vivacidade, mas encontrando a raiz de um chorão, que sombreava o caramanchão, perdeu o equilíbrio e caiu redondamente na relva.

Uma gargalhada geral aplaudiu o sucesso.

— Fabrício espichou-se completamente! — exclamou Filipe.

O pobre estudante ergueu-se com ligeireza, mas, na verdade, corrido do que acabava de sobrevir-lhe; as risadas continuavam, as terríveis consolações o atormentavam, todas as senhoras tinham saído do caramanchão e riam-se, por sua vez, desapiedadamente. Fabrício daria muito para se livrar dos apuros em que se achava, quando de repente soltou também a sua risada e exclamou:

— Vivam as calças de Augusto!

Todos olharam. Com efeito, Fabrício tinha encontrado um companheiro na desgraça. Augusto estava de calças brancas, e a maior porção do café entornado havia caído nelas.

Continuaram as risadas. Redobraram os **motejos**. Duas eram as vítimas.

*** Uma das críticas que se faziam a muitos senhores era o desleixo com que tratavam suas escravas, vestindo-as com trapos ou deixando-as quase nuas. Não é o caso, como se vê, da d. Ana.**

À ilharga: ao lado.

Tenções: intenções.

Inopinadamente: subitamente.

Motejos: caçoadas, zombarias.

12. MEIA HORA EMBAIXO DA CAMA

Não tardou que Filipe, como bom amigo e hóspede, viesse em auxílio de Augusto. Em verdade que era impossível passar o resto da tarde e a noite inteira com aquela calça, manchada pelo café; e, portanto, os dois estudantes voaram à casa. Augusto, entrando no gabinete destinado aos homens, ia tratar de despir-se, quando foi por Filipe interrompido.

— Augusto, uma ideia feliz! vai vestir-te no gabinete das moças.

— Mas que espécie de felicidade achas tu nisso?

— Ora! pois tu deixas passar uma tão bela ocasião de te mirares no mesmo espelho em que elas se miram?... de te aproveitares das mil comodidades e das mil **superfluidades** que formigam no toucador de uma moça?... Vai!... sou eu que to digo; ali acharás **banhas** e pomadas naturais de todos os países; óleos aromáticos, essências de formosura e de todas as qualidades; águas cheirosas, pós vermelhos para as faces e para os lábios, **baeta** fina para esfregar o rosto e enrubescer as pálidas; escovas e escovinhas, flores murchas e outras viçosas...*

— Basta, basta; eu vou, mas lembra-te que és tu quem me fazes ir e que o meu coração adivinha...**

— Anda, que o teu coração sempre foi um pedaço d'asno.

E isso dizendo, Filipe empurrou Augusto para o gabinete das moças e se foi reunir ao rancho delas.

Ai do pobre Augusto!... mal tinha acabado de tirar as calças e a camisa, que também se achava manchada, sentiu o rumor que faziam algumas pessoas que entravam na sala.

Augusto **conheceu** logo que eram moças, porque esses anjinhos, quando se ajuntam, fazem, conversando, **matinada** tal, que a um quarto de légua se deixam adivinhar; se é **cediço** e mesmo **insólito** compará-las a

Superfluidades: coisas supérfluas.

Banhas: pomadas aromatizadas.

Baeta: pano de lã felpudo.

* Note que no toucador há muitos artigos e objetos que denotam a condição social das moças.

** A intuição de Augusto alerta o leitor de que algo pode acontecer.

Conheceu: soube.

Matinada: vozerio.

Cediço: antiquado.

Insólito: estranho.

um bando de lindas **maitacas**, não há remédio senão dizer que muito se assemelham a uma orquestra de peritos instrumentistas, na hora da afinação.

Ora, o nosso estudante estava, por sua esdrúxula figura, incapaz de aparecer a pessoa alguma: em ceroulas e nu da cintura para cima, faria recuar de espanto, horror, vergonha e não sei que mais, ao belo povinho que acabava de entrar em casa e que, certamente, se assim o encontrasse, teria de cobrir o rosto com as mãos; e, portanto, o pobre rapaz seguiu o primeiro pensamento que lhe veio à mente: ajuntou toda a sua roupa, enrolou-a, e, com ela embaixo do braço, escondeu-se atrás de uma linda cama que se achava no fundo do gabinete, cuidando que cedo se veria livre de tão **intempestiva** visita; mas, ainda outra vez, pobre estudante! teve logo de agachar-se e espremer-se para baixo da cama, pois quatro moças entraram no quarto. E eram elas d. Joaninha, d. Quinquina, d. Clementina e uma outra por nome Gabriela, muito adocicada, muito **espartilhada**, muito estufada, e que seria tudo quanto tivesse vontade de ser, menos o que mais acreditava que era, isto é... bonita.

Depois que todas quatro se miraram, compuseram cabelos, enfeites e mil outras coisas que estavam muito em ordem, mas que as mãozinhas dessas quatro ***demoiselles*** não puderam resistir ao prazer, muito habitual nas moças, de desarranjar para outra vez arranjar, foram, por mal dos pecados de Augusto, sentar-se da maneira seguinte: d. Clementina e d. Joaninha na cama, embaixo da qual estava ele; d. Quinquina de um lado, em uma cadeira; e d. Gabriela exatamente defronte do espelho, do qual não tirava os olhos, em outra cadeira que, apesar de ser de braços e larga, pequena era para lhe caber sem incômodo toda a coleção de saias, saiotes, vestidos de baixo e enorme variedade de enchimentos que lhe faziam de suplemento à natureza, que com d. Gabriela, segundo suas próprias camaradas, tinha sido um pouco mesquinha a certos respeitos.

Maitacas: maritacas; papagaios verdes pequenos, de voz estridente.

Intempestiva: inesperada.

Espartilhada: apertada por espartilho (peça íntima feminina, que consiste numa espécie de sutiã que vem até a cintura com o objetivo de modelar a silhueta, tornando-a mais esguia). Note a ironia de que se reveste a expressão usada pelo autor, denotando a beleza artificial do corpo da moça.

Demoiselles **(em francês):** senhoritas.

Depois de respirarem um momento, as meninas, julgando-se sós, começaram a conversar livremente, enquanto Augusto, com sua roupa embaixo do braço, coberto de teias de aranha e suores frios, comprimia a respiração e conservava-se mudo e **quedo**, medroso de que o **mais pequeno** ruído o pudesse descobrir: para seu maior infortúnio, a barra da cama era incompleta e havia seguramente dois palmos e meio de altura descobertos, por onde, se alguma das moças olhasse, seria ele impreterivelmente visto. A posição do estudante era penosa, certamente; por último saltou-lhe uma pulga à ponta do nariz, e, por mais que o infeliz a soprasse, a teimosa continuou a **chuchá-lo** com a mais descarada impunidade.

"Antes mil vezes cinco sabatinas seguidas, em **tempo de barracas no campo**!...", dizia ele consigo.

Mas as moças falavam já há cinco minutos; façamos por colher algumas belezas, o que é na verdade um pouco difícil, pois, segundo o antigo costume, falam todas quatro ao mesmo tempo. Todavia, alguma coisa se aproveitará.

— Que calor!... — exclamou d. Gabriela, afetando no abanar de seu leque todo o **donaire** de uma espanhola. — Oh! não parece que estamos no mês de julho; mas, por minha vida, vale bem o incômodo que sofremos, o regalo que têm tido nossos olhos.

— Bravo, d. Gabriela!... então seus olhos...

— Têm visto muita coisa boa. Olhe, não é por falar, mas, por exemplo, há objeto mais interessante do que d. Luísa mostrar-se gorda, esbelta, benfeita?

— É verdade! É verdade! — bradavam as três.

— E nós que a conhecemos! — disse d. Clementina. — Fora é o que se vê e em casa, tão **escorridinha**!... Ora, nem se sabe onde lhe fica a cintura.

— É um saco!

— E como é feia!...

— É horrenda!

— É um bicho!

Quedo (ê): imóvel.

Mais pequeno: no século XIX, no Brasil, era comum esse uso. Em Portugal fala-se assim até hoje. Atualmente, no Brasil, a forma mais adequada é "menor".

Chuchá-lo: sugá-lo.

Tempo de barracas no campo: tempo de festas ao ar livre, piqueniques.

Donaire: elegância.

Escorridinha: de ancas magras.

— E não vimos a filha do capitão com sua dentadura postiça?... Agora não faz senão rir!...

— Coitadinha! aperta tanto os olhos!

— Se ela pudesse arranjar também um postiço para o queixo!

— Ora, d. Clementina, não me obrigue a rir!...

— D. Joaninha, você reparou no vestido de chalim de d. Carlota?... Quanto a mim, está absolutamente fora da moda.*

— Ainda que estivesse na moda, não há nada que nela assente bem.

— Ora... é um pau vestido!... tem uma testa maior que a rampa do Largo do Paço**!...

— Um nariz com tal cavalete, que parece o Morro do Corcovado!...

— E a boca?... ah! ah! ah!

— Parece que anda sempre pedindo **boquinhas**...

— E que língua ela tem!

— É uma víbora!

— Eu não sei por que as outras não hão de ser como nós, que não dizemos mal de nenhuma delas.

— É verdade, porque se eu quisesse falar...

— Diga sempre, d. Quinquina.

— Não... não quero. Mas, passando a outra coisa... D. Josefina aplaude com prazer a moda dos vestidos compridos!

— Por quê?

— Ora... porque tem pernas de caniço de sacristão.

— Pernas finas também é moda, presentemente.

— Deus me livre!... — acudiu d. Clementina — pelo menos para mim nunca deve ser, pois não posso emendar a natureza, que me deu pernas grossas.

— Não lhe fico atrás, juro-lhe eu! — exclamou d. Quinquina.

— Nem eu! Nem eu! — disseram as outras duas.

— Isso é bom de se dizer — tornou a primeira —, mas, felizmente, podemos tirar as dúvidas.

— Como?

*** Observe na conversa das moças uma descrição bem-humorada do cotidiano da sociedade.**

**** Palácio do rei, no Rio de Janeiro.**

Boquinhas: beijos.

— Facilmente: vamos medir as nossas pernas.

Ouvindo tal proposição, o nosso estudante, apesar de se ver em apuros embaixo da cama, arregalou os olhos de maneira que lhe pareciam querer saltar das órbitas; porém, d. Gabriela, que não parecia contar muito consigo e que só por honra da firma dissera o seu "nem eu!", veio deixá-lo com água na boca.

— Havia de ser engraçado — disse ela — arregaçarmos agora os nossos vestidos!...

— Que tinha isso?... — acudiu d. Quinquina — não somos todas moças?... dir-se-ia que não temos dormido juntas.

— É verdade — acrescentou d. Clementina — e, além do que, não se veria demais senão quatro ou cinco saias por baixo do segundo vestido.

— E talvez algum saiote... vamos a isso!

— Não... não... — disse, por sua vez, d. Joaninha.

— Pois por mim não era a dúvida — tornou d. Clementina, com ar de triunfo; recostando-se mole e voluptuosamente nas almofadas, e deixando escorregar de propósito uma das pernas para fora do leito, até tocar com o pé no chão, de modo que ficou à mostra até o joelho.

— Quem me dera já casar!... — suspirou ela.

Pobre Augusto!... não te chamarei eu feliz?...* ele vê a um palmo dos olhos a perna mais bem torneada que é possível imaginar... através da finíssima meia aprecia uma mistura de cor de leite com a cor-de-rosa e, rematando esse interessante painel róseo, um pezinho que só se poderia medir a polegadas, apertado em um sapatinho de cetim, e que estava mesmo pedindo um... dez... cem... mil beijos; mas quem o pensaria? não foram beijos o que desejou o estudante **outorgar** àquele precioso objeto: veio-lhe ao pensamento o prazer que sentiria dando-lhe uma dentada... Quase que já não se podia **suster**... já estava de boca aberta e para saltar... Porém, lembrando-se da exótica figura em que se via, meteu a roupa que tinha enrolada entre os dentes, e,

*** Outra vez o narrador se identifica com Augusto, revelando desejo de estar no lugar dele.**

Outorgar: dar.

Suster: controlar, aguentar.

apertando-os com força contra ela, procurava iludir a sua imaginação*.

— Quem me dera já casar!... — repetiu d. Clementina.

— Isso é fácil — disse d. Gabriela —, principalmente se devemos dar crédito aos que tanto nos perseguem com finezas. Olhem, eu vejo-me doida!... mais de vinte me atormentam! Querem saber o que me sucedeu ultimamente?... Eu confesso que me correspondo com cinco... isso é só para ver qual dos cinco quer casar primeiro; pois bem, ontem, uma preta que vende empadas e que se encarrega das minhas cartas, recebeu das minhas mãos duas.

— Logo duas?

— Ora, pois, apesar de todas as minhas explicações, a maldita **estava de mona**. Mesmo dizendo-lhe eu dez vezes: a de lacre azul é a do sr. Joãozinho e a de verde é do sr. Juca, sabem o que fez?... Trocou as cartas!

— E o resultado?...

— Ei-lo aqui — respondeu d. Gabriela, tirando um papel do seio; ao vir embarcar, e quando descia a escada, a tal preta, com a destreza precisa, entregou-me este escrito do sr. Joãozinho: "Ingrata! ainda tremem minhas mãos, pegando no corpo de delito da tua **perfídia**! Escreves a outro!? Compareces por tão horrível crime perante o júri do meu coração; e, bem que tenhas nesse tribunal a tua beleza por advogado, o meu ciúme e justo ressentimento, que são os juízes, te condenam às perpétuas galés do desprezo; delas só te poderás livrar se apelares dessa sentença para o poder moderador de minha cega paixão".

— Bravo, d. Gabriela! o sr. Joãozinho é sem dúvida estudante de jurisprudência?

— Não, é doutor.

— Bem mostra pelo bem que escreve.

— Mas eu sou bem tola! conto tudo o que me sucede e ninguém me confia nada!

— Isso é razoável — disse d. Clementina. — Nós devemos pagar com gratidão a confiança de d. Gabriela.

*** Note como a cena é ao mesmo tempo erótica e bem-humorada.**

Estava de mona: estava embriagada.

Perfídia: traição.

Eu começo declarando que estou comprometida com o sr. Filipe a deixar essa noite, embaixo da quarta roseira da rua do jardim, que vai direita ao caramanchão, um embrulhozinho com uma madeixa de meus cabelos.

— Que asneira!... por que lho não entrega ou não lho manda entregar?

— Ora... eu tenho muita vergonha... antes quero assim; até parece mais romântico.

— São caprichos de namorados! — falou d. Quinquina — havia tanto tempo para isso! mas, enfim, de futilidades é que o amor se alimenta. Querem ver uma dessas? O meu predileto está de luto e por isso exige que eu vá à Festa de... com uma fita preta no cabelo, em sinal de sentimentos; exige ainda que eu não valse mais, que não tome sorvetes, para não constipar, que não dê ***dominus tecum*** a moço nenhum que espirrar ao pé de mim, e que jamais me ria quando ele estiver sério; e a tudo isso julga ele ter muito direito, por ser tenente da Guarda Nacional! Pois, por isso mesmo, ando agora de fita branca no cabelo, valso todas as vezes que posso, tomo sorvetes até não poder mais, dou *dominus tecum* aos moços mesmo quando não espirram e não posso ver o sr. tenente Gusmão sério, sem soltar uma gargalhada.

"Olhem lá o diabinho da sonsa!", murmurou consigo mesmo Augusto, embaixo da cama.

— E você, mana, não diz nada?... — perguntou ainda ela a d. Joaninha.

— Eu?... o que hei de dizer? — respondeu esta — digo que ainda não amo.

"É a única que ama deveras!", pensou o estudante, a quem já doíam as cadeiras de tanto agachar-se.

— E o sr. Fabrício?... e o sr. Fabrício?... — exclamaram as três.

— Pois bem — tornou d. Joaninha —, é o único de quem gosto.

— Mas que temos nós hoje feito nesta ilha?... que triunfo havemos conseguido?... Vaidade para o lado:

Dominus tecum **(em latim): "O Senhor esteja contigo". Antigamente era comum dizer-se isso quando alguém espirrava.**

moças bonitas, como somos, devemos ter conquistado alguns corações!

— Juro que estou completamente aturdida com os protestos de eterna paixão do sr. Leopoldo — disse d. Quinquina —, mas é uma verdadeira desgraça ser hoje moda ouvir com paciência quanta frivolidade vem, não direi à cabeça, porque parece que os tolos como que não a têm, porém aos lábios de um desenxabido namorado. O tal sr. Leopoldo... não é graça, eu ainda não vi estudante mais **desestudável**!...

— Você, d. Joaninha — acudiu d. Clementina —, tem-se regalado hoje com o incomparável Fabrício: Não lhe gabo o gosto... só as perninhas que ele tem!...

— Ora — respondeu aquela —, ainda não tive tempo de lhe olhar para as pernas... mas também você parece que **não se arrepia** muito com a corcova do nariz de meu primo; confessemos, minha amiga, todas nós gostamos de ser conquistadoras.

— Pois confessemos... isso é verdade.

— Pela minha parte não digo nada — assobiou d. Gabriela, mirando-se no espelho —, mas enfim... eu não sei se sou bonita, mas, onde quer que eu esteja, vejo-me sempre cercada de adoradores; hoje, por exemplo, tenho-me visto doida... perseguiram-me constantemente seis... era impossível ter tempo de mangar com todos **a preceito**.

— Mas, d. Gabriela, onde está o seu talento?...

— Pois bem, que se ponha outra no meu lugar.

— Alguns homens zombariam de doze de nós outras a um tempo... Houve já um que não teve vergonha de escrever isso em um papel:

Num dia, numa hora,
No mesmo lugar
Eu gosto de amar
Quarenta,
Cinquenta,
Sessenta:
Se mil forem belas,
Amo a todas elas.

Desestudável: neologismo engraçado que pode significar "o que não merece ser estudado", "o que não desperta interesse".

Não se arrepia: não se importa.

A preceito: conforme se deve.

— Que pateta!...

— Que tolo!...

— Que vaidoso!

— Essa opinião segue também o Augusto! — Oh!... e esse paspalhão!...

"Ei-las comigo...", murmurou entre os dentes o nosso estudante, estendendo o pescoço a modo de cágado.

— Como lhe fica mal aquela cabeleira!... assemelha-se muito a uma preguiça.

— Tem as pernas tortas.

— Eu creio que ele é corcunda.

— Não, aquilo é magreza.

— Forte impertinente! falando, é um Lucas...*

— Há de ser interessante dançando!

— Vamos nós tomá-lo à nossa conta?

— Vamos; pensemos nos meios de zombar dele cruelmente...

— Pois pensemos...

Mas elas não tiveram tempo de pensar, porque, nesse momento, ouviu-se um grito de dor, ao qual seguiu-se viva agitação no interior daquela casa, onde ainda há pouco só se respirava prazer e delícias. As quatro moças levantaram-se espantadas.

— Pareceu-me a voz de minha prima Carolina — exclamou d. Joaninha.

— Coitada! que lhe sucederia?...

— Vamos ver.

As quatro moças correram precipitadamente para fora do quarto.

Augusto, que não estava menos assustado, saiu do seu esconderijo, vestiu-se apressadamente e ia, por sua vez, deixar aquele lugar, em que se vira em tantos apuros, quando deu com os olhos na carta do sr. Joãozinho, que, com a pressa e agitação, havia d. Gabriela deixado cair.

O estudante apanhou e guardou aquele interessante papel, e com prontidão e cuidado pôde, sem ser visto, escapar-se do gabinete.

*** Provável alusão irônica ao apóstolo Lucas.**

Um instante depois foi cuidadoso procurar saber a causa do rumor que ouvira.

O grito de dor tinha sido, com efeito, soltado por d. Carolina.*

13. OS QUATRO EM CONFERÊNCIA

Ninguém se arreceie pela nossa travessa. O grito de dor foi, na verdade, seu; mas, se alguém corre perigo, não é certamente ela. O caso é simples.

Morava com a sra. d. Ana uma pobre mulher, por nome Paula, muito estimada de todos, porque o era da **despotazinha** daquela ilha, de d. Carolina, a quem tinha servido de ama. Os desvelos e incômodos que tivera na criação da menina lhe eram **sobejamente** pagos pela gratidão e ternura da moça.

Ora, todos se tinham ido para o jardim logo depois do jantar, mas o nosso amigo Keblerc achara justo e prudente deixar-se ficar fazendo honra à meia dúzia de lindas garrafas, das quais se achava ternamente enamorado**; contudo, ele pensava que seria mais feliz se deparasse com um companheiro que o ajudasse a requestar aquelas belezas: era um amante sem zelos. Por infelicidade de Paula, o alemão a **lobrigou** a entrar num quarto. Chamou-a, obrigou-a a sentar-se junto de si, mostrou por ela o mais vivo interesse e depois convidou--a a beber à saúde de seu pai e sua mãe e sua família.

Não havia remédio senão corresponder a brindes tão obrigativos. Depois não houve ninguém no mundo a quem Keblerc não julgasse dever com a sua meiga língua dirigir uma saúde, e, como já estivesse um pouco impertinente, forçava Paula a virar copos cheios. Passado algum tempo, e muito naturalmente, Paula se foi tornando alegrezinha e por sua vez desafiava Keblerc a

*** O capítulo se encerra num momento de tensão, cujo desenlace virá a ser conhecido no capítulo seguinte. Essa técnica de suspense, também chamada de "gancho", era muito utilizada nos romances de folhetim.**

Despotazinha: diminutivo de déspota, isto é, tirana.

Sobejamente: exageradamente.

**** Observe a ironia do narrador ao falar do vício da bebida de Keblerc.**

Lobrigou: avistou.

fazer novos brindes: em resultado, as seis garrafas foram-se. Paula deixou-se ficar sentada, risonha e imóvel, junto à mesa, enquanto o alemão, **rubicundo** e reluzente, se dirigiu para a sala.

Quando daí a pouco a ama de d. Carolina quis levantar-se, pareceu-lhe que estava uma nuvem diante dos olhos, que os copos dançavam, que havia duas mesas, duas salas e tudo em dobro; ergueu-se e sentiu que as paredes andavam-lhe à roda, que o assoalho abaixava-se e levantava-se debaixo dos seus pés; depois... não pôde dar mais que dois passos, cambaleou e, acreditando sentar-se numa cadeira, caiu com estrondo contra uma porta. Logo confusão e movimento... Ninguém ousou pensar que Paula, sempre sóbria e inimiga de espíritos, se tivesse deixado embriagar, e, por isso, correram alguns escravos para o jardim, gritando que Paula acabava de ter um ataque.

A primeira pessoa que entrou em casa foi d. Carolina que, vendo a infeliz mulher estirada no assoalho, caiu sobre ela, exclamando com força:

— Oh! minha mãe!... — Foi esse o seu grito de dor.

Momentos depois, Paula se achava deitada numa boa cama e rodeada por toda a família; porém havia algazarra tal, que mal se entendia uma palavra.

— Isso foi o jantar que lhe deu na fraqueza — gritou uma **avelhantada** matrona, que se supunha com muito jeito para a medicina —; é fraqueza complicada com o tempo frio... **não vale nada...** venha um copo de vinho!

E, dizendo isso, foi despejando meia garrafa de vinho na boca da pobre Paula que, por mais lépida e risonha que fosse engolindo a largos tragos, não pôde livrar-se de que a interessante **Esculápia** lhe entornasse boa porção pelos vestidos.

— São **maleitas**! — exclamava d. Violante, com toda a força de seus pulmões... — são maleitas!... quem lhe olha para o nariz diz logo que são maleitas! Eu já vi curar-se uma mulher, que teve o mesmo mal, com

Rubicundo: vermelho, bem corado.

Avelhantada: idosa, velha.

Não vale nada: isso não é nada.

Esculápia: alusão a Esculápio, deus da medicina entre os gregos. Seu nome passou a designar, por extensão, todo aquele que se dedica à atividade médica – é esse o sentido dado pelo autor, com evidente intenção irônica.

Maleitas: malária.

cauda de cobra moída, torrada e depois desfeita num copo d'água tirada do pote velho com um coco novo e com a mão esquerda, pelo lado da parede. É fazer isso já.

— São lombrigas! — gritava uma terceira.

— É ataque de estupor! — bradava a quarta senhora.

— É espírito maligno! — acudiu outra, que foi mais ouvida que as primeiras... — é espírito maligno que lhe entrou no corpo... Venha quanto antes um padre com água benta e seu breviário*****:

— Ora, para que estão com tal **azáfama**?... — disse uma senhora que acabava de entrar no quarto —, não se vê logo que isso não passa de uma mona, que a boa da Paula tomou? Olhem; até tem o vestido cheio de vinho.

— Mona, não senhora! — acudiu d. Carolina — a minha cara Paula nunca teve tão feio costume, e, se está molhada com vinho, a culpa é dessa senhora, que há pouco lhe despejou meia garrafa por cima. Oh! é bem cruel que, mesmo vendo-se a minha dor, digam semelhantes coisas!...

No meio de toda essa balbúrdia era de ver-se o zelo e a solicitude da menina travessa!... Observava-se aquela moreninha de quinze anos, que parecera somente capaz de brincar e ser estouvada, correndo de uma para outra parte, prevenindo tudo e aparecendo sempre onde se precisava apressar um serviço ou acudir a um reclamo. Só cuidava de si quando devia enxugar as lágrimas******.

Junto do leito apareceram os quatro estudantes.

Curto foi o exame. O rosto e o bafo da doente bastaram para denunciar-lhe com evidência a natureza da moléstia.

— Isso não vale a pena — disse Filipe em tom baixo a seus colegas —, é uma mona de primeira ordem.

— Está claro, vamos sossegar essas senhoras.

— Não — tornou Filipe, sempre em voz baixa. — Aturdidas pelo caso repentino e preocupadas pela sobriedade dessa mulher, nenhuma delas quer ver o que está diante de seus olhos, nem sentir o cheiro que lhes

*** Os diagnósticos disparatados das moças garantem o humor da cena.**

Azáfama: confusão, agitação.

**** Nesse momento, Carolina tem características típicas das heroínas românticas: abnegação, bondade e dedicação.**

está entrando pelo nariz; minha irmã ficaria inconsolável, brigaria conosco e não nos acreditaria, se lhe disséssemos que sua ama se embebedou; e, portanto, podemos aproveitar as circunstâncias, para zombar de todas elas e divertir-nos fazendo uma conferência.

— Oh diabo!... isso é catecismo dos charlatães!

— Ora, não sejas tolo... não pareces estudante; devemos lançar mão de tudo o que nos possa dar prazer e não ofenda os outros*.

— Mas que iremos dizer nessa conferência, senão que ela está **espirituosa** demais? — perguntou Augusto.

— Diremos tudo o que nos vier à cabeça, ficando entendido que as honras pertencerão ao que maior número de asneiras produzir; o caso é que nos não entendam, ainda que também nos não entendamos.

— Há de ser bonito — tornou Augusto —, à vista de tanta gente, que, por força, conhecerá esta **patacoada**.

— Qual conhecer!... aqui ninguém nos entende — tornou Filipe, que, voltando-se para os circunstantes, disse com voz teatralmente solene:

— Meus senhores, rogamos breves momentos de atenção; queremos conferenciar.

Movimento de curiosidade.

Seguiu-se novo exame da enferma, no qual os quatro estudantes fingiram observar o pulso, a língua, o rosto e os olhos da doente; auscultaram e percutiram-lhe o peito e fizeram todas as outras pesquisas do costume.

Depois eles se colocaram em um dos ângulos do quarto; Filipe teve a palavra. Profundo silêncio.

— Acabastes, senhores, de fazer-me observar uma enfermidade que não nos deixa de pedir sérias atenções e sobre a qual eu vou respeitosamente submeter o meu juízo. Poucas palavras bastam. A moléstia de que nos vamos ocupar não é nova para nós; creio mesmo, senhores, que qualquer de vós já a tem padecido muitas vezes...

— Está enganado.

*** Na época em que se passa o romance, os estudantes tinham fama de farristas.**

Espirituosa: bêbada, embriagada.

Patacoada: bobagem, palhaçada.

— Não respondo aos apartes. Eu diagnostico uma baquites. Concebe-se perfeitamente que as etesias desenvolvidas pela decomposição dos éteres espasmódicos e engendrados no alambique intestinal, uma vez que a compressão do diafragma lhes causa vibrações simpáticas que os façam caminhar pelo canal colédoco até o periósteo dos pulmões...

— ***C'est trop fort!...***

— Daí, passando à garganta, perturbam a quimificação da hematose, que por isso se tornando em linfa hemostática, vá de um jato causar um tricocéfalo no esfenoide, podendo mesmo produzir uma proctorragia nas glândulas de Meyer, até que, penetrando pelas câmaras ópticas, no esfíncter do cerebelo, causa um retrocesso prostático, como pensam os modernos autores, e promovem uma rebelião entre os indivíduos cerebrais: por consequência isso é nervoso.

— Muito bem concluído.

— O tratamento que proponho é concludente: algumas gotas de éter sulfúrico numa taça do líquido fontâneo açucarado; o cozimento dos frutos da *Coffea arabica* torrados, ou mesmo o *Thea sinensis*; e quando isso não baste, o que julgo impossível, as nossas lancetas estão bem afiadas e duas libras de sangue de menos não farão falta à doente — disse.*

— Como ele fala bem — murmurou uma das moças.

Fabrício tomou a palavra.

— Sangue! sempre sangue! eis a medicina romântica do insignificante **Broussais**! mas eu detesto tanto a medicina sanguinária, como a estercorária, herbária, sudorária e todas as que acabam em ária. Desde **Hipócrates**, que foi o maior charlatão do seu tempo, até os nossos dias, tem triunfado a ignorância, mas já, enfim, brilhou o sol da sabedoria... **Hahnemann**... ah! quebrai vossas lancetas, senhores; para curar o mundo inteiro basta-vos uma botica homeopática com o Amazonas ao pé!... queimai todos os vossos livros, porque a verda-

***C'est trop fort*! (em francês): que exagero!**

*** Observe as palavras sem nexo usadas pelos amigos nessa cena. O autor, também estudante de medicina, vale-se de seus conhecimentos do vocabulário médico para fazer o leitor rir diante das frases disparatadas.**

François Broussais (1772-1838): médico francês.

Hipócrates (460 a.C.--370 a.C.): médico grego considerado o pai da medicina por tê-la desvinculado da magia e da superstição.

Samuel Hahnemann (1755-1843): médico alemão que fundou a escola homeopática.

de está só, exclusivamente, no *Alcorão* de nosso Mafoma, no *Organon** do grande homem! Ah! se depois do divino sistema morre por acaso alguém, é por não se ter ainda descoberto o meio de dividir em um milhão de partes cada simples átomo da matéria! Senhores, eu concordo com o diagnóstico de meu colega, mas devo combater o tratamento por ele oferecido. Uma taça de líquido fontâneo açucarado, e acidulado com algumas gotas de éter sulfúrico, é, em minha opinião, capaz de envenenar a todos os habitantes da China! O mesmo direi do cozimento do *Coffea arabica*...

— Mas por que não têm morrido envenenados os que por vezes os têm tomado?...

— Eis aí a consideração que os leva ao erro!... Senhor meu colega, é porque a ação maléfica desses medicamentos não se faz sentir logo... às vezes só aparece depois de cem, duzentos e mais anos: eis a grande verdade!... Mas eu tenho observações de moléstias de natureza da que nos ocupamos e que vão mostrar a superioridade do meu sistema. Ouçam-me. Uma mulher padecia este mesmo mal, já tinha sofrido trinta **sangrias**; haviam-lhe mandado aplicar mais de trezentas **bichas**, purgantes sem conta, vomitórios às dúzias e **tisanas** aos milheiros; quis o seu bom gênio que ela recorresse a um homeopata, que, com três doses, das quais cada uma continha apenas a trimilionésima parte de um quarto de grão de ***Nihilitas nihilitatis***, a pôs completamente restabelecida; e quem quiser pode ir vê-la na rua... É certo que não me lembro agora onde, mas posso afirmar que ela mora em uma casa e que hoje está **nédia**, gorda, com cores e até remoçou e ficou mais bonita... Outro fato.

— Basta! basta!...

— Pois bem, basta; e propondo a aplicação das *Nihilitas nihilitatis* na dose da trimilionésima parte de um grão, dou por terminado o meu discurso.

— O sr. Leopoldo tem a palavra.

— Senhores, eu devo confessar que restam-me muitas dúvidas a respeito do diagnóstico e, portanto,

* Fabrício compara a obra de Hahnemann, intitulada *Organon*, ao *Alcorão*, livro sagrado do islamismo, escrito por Maomé (Mafoma).

Sangria: aplicada desde a Antiguidade, a sangria consiste em tirar sangue do paciente por meio de agulhas, incisões pelo corpo ou sanguessugas. Esse tratamento era indicado para casos de hipertensão, problemas cardíacos e infecções, mas acabava sendo usado na maioria das situações, já que se acreditava que grande parte das doenças estava no sangue. A prática era ainda bastante comum no século XIX.

Bichas: sanguessugas usadas na sangria.

Tisanas: medicamentos à base de água e ervas que eram dados aos doentes.

Nihilitas nihilitatis (em latim): nada de nada.

Nédia: com a pele brilhante.

julgo útil recorrermos ao magnetismo animal, para vermos se a enferma, levada ao sonambulismo, nos aclara sua enfermidade. Além disso, eu tenho fé de que não há moléstia alguma que possa resistir à maravilhosa aplicação dos passes, que tanto abismaram **Paracelso** e **Kisker**. Ainda mais: se o diagnóstico do colega que falou em primeiro lugar é exato, dobrada razão acho para sustentar o meu parecer; porque, enfim, se ***similia similibus curantur***, necessariamente o magnetismo tem de curar a baquites. Voto, pois, para que comecemos já a aplicar-lhe os passes.

Seguiu-se o discurso de Augusto que, por longo demais, parece prudente omitir. Em resumo basta dizer que ele combateu as raras teorias de Filipe, mas concordou com o tratamento por ele proposto e falou com arte tal, que d. Carolina o escolheu para assistência de sua ama.

Augusto determinou as aplicações convenientes ao caso, mas, não tendo entrado no número delas a essencial lembrança de um escalda-pés, caiu a tropa das **mezinheiras** sobre o desgraçado estudante, que se viu quase doido com a balbúrdia de novo levantada no quarto.

— Menos ruído minhas senhoras — dizia o rapaz —, isso pode ser fatal à doente!

— Ora... eu nunca vi negar-se um escalda-pés!

— Ainda em cima de não lhe mandar aplicar uma **ajuda**, esquece-se também de escalda-pés!..

— Se não lhe derem um escalda-pés, eu não respondo pelo resultado!...

— Olhem como a doente está risonha, só por ouvir falar em escalda-pés!...

— Aquilo é pressentimento!...

— Sr. doutor, um escalda-pés!...

— Pois bem, minhas senhoras — disse Augusto para se ver livre delas —, deem-lhe o preconizado escalda-pés!

E fugindo logo do quarto, foi pensando consigo mesmo que as coisas que mais contrariam o médico

Paracelso (1493-1541): famoso alquimista e médico suíço-alemão.

Kisker (ou Kircher): erudito jesuíta alemão (1601-1680) que se dedicou à filosofia, à teologia, à alquimia e à matemática.

***Similia similibus curantur* (em latim):** os semelhantes curam-se pelos semelhantes (o lema da homeopatia).

Mezinheiras: mulheres que fazem mezinhas, isto é, remédios caseiros.

Ajuda: lavagem.

são: primeiro, a saúde alheia, segundo, um mau enfermeiro e, por último, as senhoras mezinheiras.

14. PEDILÚVIO SENTIMENTAL

Ria-se, jogava-se, brincava-se: todos se haviam já esquecido da pobre Paula. Na verdade também que, por ter a ama de d. Carolina tomado seu copo de vinho a mais, não era justo que tantas moças e moços, em boa disposição de brincar, e **umas poucas de velhas** determinadas a maçar meio mundo, ficassem a noite inteira pensando na carraspana da rapariga. E além disso, quatro semidoutores já haviam pronunciado favorável prognóstico; como, pois, se arrojaria Paula a morrer contra a ordem expressa dos quatro hipocratíssimos* senhores?...

Era por isso que todos brincavam alegremente, menos o sr. Keblerc que, diante de meia dúzia de garrafas vazias, roncava prodigiosamente: grande alemão para roncar!... era uma escala inteira que ele solfejava com bemóis, bequadros e sustenidos!... dir-se-ia que entoava um hino... a **Baco**.

Os rapazes **estavam nos seus gerais**; a princípio, como era seu velho costume, haviam festejado, cumprimentado e aplaudido as senhoras idosas que se achavam na sala, principalmente aquelas que tinham trazido consigo moças; mas, passada meia hora, adeus etiquetas e cerimônias!... Estabeleceu-se um cordão sanitário** entre a velhice e a mocidade; a sra. d. Ana achou a ocasião oportuna para ir dar ordens para o chá; d. Violante ocupou-se em desenvolver a um velho roceiro os meios mais adequados para se preencher o déficit provável do Brasil para o ano financeiro de 44 a 45***, sem aumentar os direitos de importação, nem

Pedilúvio: banho para os pés com fins terapêuticos.

Umas poucas de velhas: construção de frase comum no século XIX, mas em desuso atualmente, quando falamos "umas poucas velhas".

* Referência a Hipócrates (ver nota p. 109). O termo é um neologismo irônico; significa que os estudantes de medicina em questão eram fiéis discípulos do médico grego.

Baco: Deus do vinho, na mitologia romana.

Estavam nos seus gerais: estavam contentes, satisfeitos.

** Note como mais uma vez o narrador usa a terminologia médica para criar expressões e situações de humor.

*** O romance se refere a fatos contemporâneos à data de publicação da obra.

criar impostos, abolindo-se, pelo contrário, a décima urbana. Já se vê que d. Violante tinha casas na cidade. Restavam quatro senhoras, que julgaram a propósito **jogar o embarque**, que na verdade as divertia muito, com o episódio do ás galar o sete; havia, enfim, outra mesa em que alguns senhores, viúvos, casados e velhos pais perdiam ou ganhavam dinheiro no ***écarté***, jogo muito bonito e muito variado, que nos vieram ensinar os senhores franceses, grandes inventores, sem dúvida!...*

A rapaziada empregava melhor o seu tempo: também jogava, mas na sua roda não havia nem mesa, nem cartas, nem dados. O seu jogo tinha um diretor que, exceção de regra entre os mais, não podia ter menos de cinquenta anos: era um homem de estatura muito menos que a ordinária, tinha o rosto muito vermelho, cabelos e barbas ruivos, gordo, de pernas arqueadas, ajuntando ao ridículo de sua figura muito espírito; não estava bem senão entre rapazes; por felicidade deles sempre se encontra desses. Tal o diretor da roda dos moços. O sr. Batista (este o seu nome) era fértil em jogos; quando um aborrecia, vinha logo outro melhor. Já se havia jogado o do toucador e o do enfermo. O terceiro agradou tanto, que se repetia pela duodécima vez, com aplauso geral, principalmente das moças: era, sem mais nem menos, o jogo da palhinha.

Caso célebre... já se viu que coincidência!... ora expliquem, se são capazes... Tem-se jogado a palhinha doze vezes e em todas elas tem a sorte feito com que Filipe abrace d. Clementina e Fabrício d. Joaninha! E sempre, no fim de cada jogo, qualquer das duas recua um passo, como se pouca vontade houvesse nelas de dar o abraço, e fazendo-se coradinha, exclama:

— Quantos abraços!... pois outra vez?...

— Eu já não dei ainda agora?... ora isso...

Entre os rapazes, porém, há um que não está absolutamente satisfeito: é Augusto. Será porque no tal jogo da palhinha tem por vezes ficado viúvo?... não! ele esperava isso como castigo da *sua inconstância*. A causa

Jogar o embarque: tipo de jogo de salão.

Écarté **(em francês):** jogo de cartas.

* Ironia do narrador ao comentar o dinheiro que se perde e ganha no carteado.

é outra: a alma da Ilha de... não está na sala! Augusto vê o jogo ir indo o seu caminho muito sem ordem; não se rasgou ainda nenhum lenço, Filipe ainda não gritou com a dor de nenhum beliscão, tudo se faz em regra e muito direito; a travessa, a inquieta, a buliçosa, a tentaçãozinha não está aí: d. Carolina está ausente!...

Com efeito, Augusto, sem amar d. Carolina (ele assim o pensa*), já faz dela ideia absolutamente diversa da que fazia ainda há poucas horas. Agora, segundo ele, a interessante Moreninha é, na verdade, travessa, mas a cada travessura ajunta tanta graça, que tudo se lhe perdoa. D. Carolina é o prazer em ebulição; se é inquieta e buliçosa, está em sê-lo a sua maior graça: aquele rosto moreno, vivo e delicado, aquele corpinho, ligeiro como a abelha, perderia metade do que vale, se não estivesse em contínua agitação. O beija-flor nunca se mostra tão belo como quando se pendura na mais tênue flor e voeja nos ares; d. Carolina é como um beija-flor completo.

Nesse momento a sra. d. Ana entrou na sala, e depois, dirigindo-se à grande varanda da frente, sentou-se defronte do jardim. Batista acabava de dar fim ao jogo da palhinha e começava novo; Augusto pediu que o dispensassem e foi ter com a dona da casa.

— Não joga mais, sr. Augusto? — disse ela.

— Por ora não, minha senhora.

— Parece-me pouco alegre.

— Ao contrário... estou satisfeitíssimo.

— Oh! O seu rosto mostra não sentir o que dizem seus lábios; se aqui lhe falta alguma coisa...

— Na verdade que aqui não está tudo, minha senhora.

— Então que falta?

— A sra. d. Carolina!

A boa senhora riu-se com satisfação. Seu orgulho de avó acabava de ser incensado: era tocar-lhe no fraco.

— Gosta de minha neta, sr. Augusto?

— É a delicada borboleta deste jardim — respondeu ele, mostrando as flores.

*** Observe a intromissão do narrador, que conversa com o leitor e revela o que se passa no íntimo do personagem.**

— Vá buscá-la — disse a sra. d. Ana, apontando para dentro.

— Minha senhora, tanta honra!...

— O amigo de meu neto deve merecer minha confiança: esta casa é dos meus amigos e também dos dele. Carolina está, sem dúvida, no quarto de Paula; vá vê-la e consiga arrancá-la de junto da sua ama.

A sra. d. Ana levou Augusto pela mão até o corredor e depois o empurrou brandamente.

— Vá — disse ela — e receba isso como a mais franca prova de minha estima para com o amigo de meu neto.

Augusto não esperou ouvir nova ordem: endireitou para o quarto de Paula, com presteza e alegria. A porta estava cerrada; abriu sem ruído e parou no limiar.

Três pessoas havia nesse quarto: Paula, deitada e abatida sob o peso de sua sofrível mona, era um objeto triste e talvez ridículo, se não padecesse; a segunda era uma escrava que acabava de depor, junto do leito a bacia em que Paula deveria tomar o pedilúvio recomendado, objeto indiferente; a terceira era uma menina de quinze anos, que desprezava a sala, em que borbulhava o prazer, pelo quarto em que padecia uma pobre mulher; esse objetivo era nobre...

D. Carolina e a escrava tinham as costas voltadas para a porta e por isso não viam Augusto: Paula olhava, mas não via, ou antes não sabia o que via.

— Anda, Tomásia, dá-lhe o escalda-pés! — disse d. Carolina.

Pela sua voz conhecia-se que tinha chorado.

A escrava abaixou-se e puxou os pés da pobre Paula; depois pondo a mão n'água, tirou-a de repente, e sacudindo-a:

— Está fervendo!... — disse.

— Não está fervendo — respondeu a menina —, deve ser bem quente, assim disseram os moços.

A escrava tornou a pôr a mão e de novo retirou-a com presteza tal, que bateu com os pés de Paula contra a bacia.

— Estonteada!... sai... afasta-te — exclamou d. Carolina, arregaçando as mangas de seu lindo vestido.

A escrava não obedeceu.

— Afasta-te daí — disse a menina em tom imperioso; e depois abaixou-se no lugar da escrava, tomou os pés de sua ama, apertou-os contra o peito, chorando, e começou a banhá-los.

Belo espetáculo era o ver essa menina delicada, curvada aos pés de uma rude mulher, banhando-os com sossego, mergulhando suas mãos tão finas, tão lindas, nessa mesma água que fizera lançar um grito de dor à escrava, quando aí tocara de leve com as suas, tão grosseiras e calejadas!... Os últimos vislumbres das impressões desagradáveis que ela causara a Augusto, de todo se esvaíram. Acabou-se a criança estouvada... ficou em seu lugar o anjo de candura*.

Mas o sensível estudante viu as mãozinhas tão delicadas da piedosa menina já roxas, e adivinhou que ela estava engolindo suas dores para não gemer; por isso não pôde suster-se e, adiantando-se, disse:

— Perdoe, minha senhora.

— Oh!... o senhor estava aí?

— E tenho testemunhado tudo!

A menina abaixou os olhos, confusa, e apontando para a doente disse:

— Ela me deu de mamar.**

— Mas nem por isso deve a senhora condenar suas lindas mãos a serem queimadas, quando algum dos muitos escravos que a cercam poderia encarregar-se do trabalho em que a vi tão piedosamente ocupada***.

— Nenhum o fará com jeito.

— Experimente.

— Mas a quem encarregarei?

— A mim, minha senhora.

— O senhor falava de meus escravos...

— Pois nem para escravo eu presto?****

— Senhor!...

— Veja se eu sei dar um pedilúvio!

E nisso o estudante abaixou-se e tomou os pés de Paula, enquanto d. Carolina, junto dele, o olhava com ternura.

Quando Augusto julgou que era tempo de terminar, a jovenzinha recebeu os pés de sua ama e os envolveu na toalha que tinha nos braços.

— Agora deixemo-la descansar — disse o moço.

— Ela corre algum risco?... — perguntou a menina.

— Afirmo que acordará amanhã perfeitamente boa.

— Obrigada!

*** A Moreninha é aqui comparada a um anjo. A idealização romântica cristalizou na literatura a imagem da mulher-anjo, que merece adoração do amado.**

**** Era costume, no século XIX, adotar-se amas de leite, que eram escravas.**

***** Fica claro que as tarefas pesadas e perigosas cabiam, exclusivamente, aos escravos.**

****** Note a postura tipicamente romântica de Augusto, que age como um apaixonado que se oferece para servir sua dama.**

— Quer dar-me a honra de acompanhá-la até à sala? — disse Augusto, oferecendo a sua mão direita à bela Moreninha.

Ela não respondeu, mas olhou-o com gratidão, e aceitando o braço do mancebo, deixou o quarto de Paula.

15. UM DIA EM QUATRO PALAVRAS

Ao romper do Dia de Sant'Ana estavam todos na Ilha de... descansando nos braços do sono; era isso muito natural, depois de uma noite como a da véspera, em que tanto se havia brincado.

Com efeito, os jogos de prendas tinham-se prolongado excessivamente. A chegada de d. Carolina e Augusto lhes deu ainda dobrada viveza e fogo. A bonita Moreninha tornou-se mais travessa do que nunca; mil vezes **bulhenta**, perturbava a ordem dos jogos, de modo que era preciso começar de novo o que já estava no fim; outras tantas rebelde, não cumpria certos castigos que lhe impunham, não deu um só beijo e aquele que atreveu-se a abraçá-la, teve em recompensa um beliscão.

Finalmente, ouviu-se a voz de: vamos dormir, e cada qual tratou de fazer por consegui-lo.

O último que se deitou foi Augusto e ignora-se por que saiu de luz na mão*, a passear pelo jardim, quando todos se achavam acomodados; de volta do seu passeio noturno, atirou-se entre Fabrício e Leopoldo e imediatamente adormeceu. Os estudantes dormiram juntos.

São seis horas da manhã e todos dormem ainda a sono solto. Um autor pode entrar em toda parte** e, pois... não, não, alto lá! no gabinete das moças... não senhor; no dos rapazes, ainda bem. A porta está aberta. Eis os quatro estudantes estirados numa larga esteira; e como roncam!... Mas que faz o nosso Augusto? Ri-se,

Bulhenta: bagunceira.

*** Como na época não havia luz elétrica, as pessoas usavam candelabros, candeias ou candeeiros para iluminar os ambientes. Note o suspense que o narrador procura despertar nos leitores: o que Augusto teria ido fazer no jardim? Esse fato será esclarecido posteriormente.**

**** Aqui ocorre a metalinguagem: o narrador desvenda o próprio ato de narrar, fazendo o leitor reparar no processo de ficção.**

murmura frases imperceptíveis, suspira... Então que é isso lá?... dá um beijo em Fabrício; acorda espantado e ainda por cima empurra cruelmente o mesmo a quem acaba de beijar...

Oh beleza! oh inexplicável poder de um rosto bonito que, não contente com as zombarias que faz ao homem que vela, o ilude e ainda zomba dele dormindo!

Estava o nosso estudante sonhando que certa pessoa, de quem ele tivera até aborrecimento e que agora começava com olhos travessos a fazer-lhe cócegas no coração, vinha terna e amorosamente despertá-lo; que ele fingira continuar a dormir e ela se sentara à sua cabeceira; que, traquinas como sempre, em vez de chamá-lo queria rir-se acordando-o pouco a pouco; que para isso aproximava seu rosto do dele, e, assoprando-lhe os lábios, ria-se ao ver as contrações que produzia a **titilação** causada pelo sopro; que ele, ao sentir tão perto dos seus os lindos lábios dela, estava ardentemente desejoso de furtar-lhe um beijo, mas que temia vê-la fugir ao menor movimento; que finalmente, não podendo mais resistir aos seus **férvidos** beijos, assentara de, quando se aproximasse o belo rosto, ir de um salto colher o voluptuoso beijo naquela boquinha de botão de rosa; que o rosto chegou à distância de meio palmo e... (aqui parou o sonho e principiou a realidade) e ele deu um salto mas, em lugar de pregar um beijo nos lábios de d. Carolina, foi com toda a força e estouvamento bater com os beiços e nariz contra a testa de Fabrício; depois, como se o colega tivesse culpa de tal infelicidade, deu-lhe dois empurrões dizendo:

— Sai-te daí, peste!... ora, quando eu sonhava com um anjo, acordo-me nos braços de Satanás!...

Corra-se, porém, um véu sobre quanto se passou até que se levantaram do almoço. A sociedade se dividiu logo depois em grupos. Uns conversavam, outros jogavam, dois velhos ferraram-se no **gamão**, as moças espalharam-se pelo jardim e os quatro estudantes tiveram a péssima lembrança de formar uma mesa de **voltarete**.

Titilação: cócegas.

Férvidos: ardentes.

Gamão: certo tipo de jogo de tabuleiro.

Voltarete: antigo jogo de cartas de baralho.

E, apesar **do poder da cachaça do jogo**, de cada vez que qualquer deles dava cartas, ficava na mesa um lugar vazio, e junto do arco da varanda, que olhava para o jardim, colocava-se uma sentinela.

Já se vê que o voltarete não podia seguir marcha muito regular. Augusto, por exemplo, distraía-se com frequência tal, que às vezes passava **com basto e espadilha**, e era **codilhado** todas as mãos que jogava **de feito**.

A Moreninha já fazia travessuras muito especiais no coração do estudante; e ele, que se acusava de haver sido injusto para com ela, agora a observava com cuidado e prazer, para em compensação render-lhe toda justiça.

D. Carolina brilhava no jardim e, mais que as outras, por graças e encantos que todos sentiam e que ninguém poderia bem descrever; confessava-se que não era bela, mas jurava-se que era encantadora; alguém queria que ela tivesse maiores olhos, porém não havia quem resistisse à viveza de seus olhares; os que mais apaixonados fossem da doce melancolia de certos semblantes em que a languidez dos olhos e a brandura de custosos risos estão exprimindo amor ardente e sentimentalismo, concordariam por força que no lindo rosto moreno de d. Carolina nada iria melhor do que o prazer que nele transluz e o sorriso engraçado e picante que de ordinário enfeita seus lábios; além disso, sempre em brincadeira, guerreia com todos e em interessante contradição consigo mesma, ela a um tempo solta um ai e uma risada, graceja, fazendo-se de grave, fala, jurando não dizer palavra, apresenta-se escondendo-se, sempre quer jamais querendo.

Nunca também se havia mostrado a Moreninha tão jovial e feiticeira, mas para isso boas razões havia: esse era o dia dos anos da sua boa avó e a pobre Paula, sua estimada amada ama, estava completamente restabelecida.

Eis uma deliciosa invasão!... dez moças entram de repente na varanda e num dado momento tudo se confunde e **amotina**; d. Carolina atira no meio da mesa do

Do poder da cachaça do jogo: isto é, do poder envolvente e viciador do jogo.

Com basto e espadilha: ás de paus (basto) e ás de espadas (espadilha).

Codilhado: logrado.

De feito: o parceiro que, durante a partida, declara ter jogo, e aposta contra os outros da roda. Com esses comentários, o narrador destaca a falta de concentração de Augusto, que, na verdade, está pensando em outras coisas, como saberemos mais adiante.

Se amotina: se agita.

voltarete uma mão cheia de flores, e enquanto Filipe faz tenção de dirigir-lhe um discurso admoestador, ela furta-lhe a espadilha e voa para tornar a aparecer logo depois. É impossível continuar assim: dá-se por acabado o jogo e a Moreninha, à custa de um único sorriso, faz as pazes com o irmão.

— Parabéns, sra. d. Joaquina — disse Augusto. — Já triunfou de uma de suas rivais!

— Como?... — perguntou ela.

— Ora, que essa minha prima nunca entende as figuras do sr. Augusto — acudiu d. Carolina —; explique-se, sr. doutor.

— Sua prima, minha senhora, a aurora e a rosa disputam sobre qual primará na viveza da cor, e eu vejo que ela tem presa no cabelo uma das duas rivais.

— Eu o encarrego com prazer da guarda fiel dessa minha competidora... seja o seu carcereiro! — disse d. Quinquina, querendo tirar uma linda rosa do cabelo, para oferecê-la a Augusto.

— Oh! minha senhora! seria um cruel castigo para ela, que se mostra tão vaidosa.

— Pois rejeita?...

— Certo que não: aceito, mas rogo um outro obséquio.

— Qual?...

— Que por ora lhe conceda seus cabelos por homenagem.

— Pois bem, será satisfeito; eu guardarei a sua rosa.

— Mas cuidado, não haja quem liberte a bela cativa! — disse Leopoldo.

— Protesto que a hei de furtar — acrescentou d. Carolina.

— Desafio-lhe a isso! — respondeu-lhe a prima.

Então começou uma luta de **ardis** e cuidados entre a Moreninha e d. Quinquina. Aquela já tinha debalde esgotado quantos estratagemas lhe pôde sugerir seu fértil espírito, e, enfim, fingindo-se fatigada, veio sossegadamente conversar junto de d. Quinquina, que, não menos viva, conservava-se na defensiva.

Ardis: armadilhas.

Depois de uma meia hora de hábil afetação, a menina travessa, com um rápido movimento, fez cair o leque de sua adversária; Leopoldo abaixou-se para levantá-lo e d. Quinquina, um instante despercebida, curvou-se também e soltou logo um grito, sentindo a mão da prima sobre a rosa: com a sua foi acudir a esta; houve um conflito entre duas finas mãozinhas, que mutuamente se beliscaram, e em resultado desfolhou-se completamente a rosa*****.

— Morreu a bela cativa!... morreu a pobre cativa!... — gritaram as moças.

— D. Carolina está criminosa! — disse d. Clementina.

— Vai ao júri, minha senhora!

— É verdade, vamos levá-la ao júri.

A ideia foi recebida com aplauso geral: só Filipe se opôs.

— Não, não — disse ele! — Carolina é muito rebelde, se fosse condenada, não cumpriria a sentença.

— Oh! maninho! não diga isso.

— Você jura obedecer?...

— Eu juro por você.

— Tanto pior: era mais um motivo para se tornar **perjura**.

— Pois bem, dou a minha palavra, não é suficiente?

— Basta! basta!

Organizou-se o júri; Fabrício foi encarregado da presidência, um outro moço serviu de escrivão, e cinco moças saíram por sorte para juradas; d. Clementina terá de ser a relatora da sentença. A Augusto declararam suspeito na causa. Filipe foi escolhido para advogado da ré e Leopoldo da autora.

A sessão começou.

Longo fora enumerar tudo o que se passou em duas horas muito agradáveis e por isso muito breves também. Toda a companhia veio tomar parte naquele divertimento improvisado e até, quem o diria?! os dois velhos deixaram o tabuleiro de gamão. Resuma-se alguma coisa.

*** Os jogos de salão servem, nesse momento, como pretexto para os jogos amorosos. No caso da rosa, fica claro que d. Quinquina quer mostrar interesse e também comprometer Augusto, mas este recusa a rosa e Carolina passa a disputá-la, o que na verdade significa a luta pelo amor de Augusto.**

Perjura: traidora, que não cumpre um juramento.

As testemunhas foram d. Gabriela e uma outra, que deram provas de bastante espírito: o interrogatório de d. Carolina fez rir a quantos o ouviram. O debate dos advogados esteve curioso.

Leopoldo acusou a ré, demonstrando que tinha havido a circunstância agravante da premeditação e que o crime se tornava ainda mais feio, por ser causado pelo ciúme; procurou provar que d. Carolina, **cônscia** de seus encantos e beleza, queria ser senhora absoluta de todos os corações e até de todos os seres; que ela se enchera de zelos supondo, com razão, que Augusto desse **subido** valor à rosa, por lhe ser dada por uma moça bela como era a autora e, enfim, que o crime da ré era tão excessivo, que já na tarde antecedente jurara a perda daquela flor, por desconfiar que o **Zéfiro** brincava mais com ela do que com seus olhos.

Filipe não se deixou ficar atrás. Argumentou dizendo que era impossível decidir que mão tinha dado a morte à bela cativa; que não houvera premeditação, porque a ré não quisera matar, mas sim libertar; que, se havia crime, só o cometera a autora, por prender uma inocente flor; e que, por último, ainda quando fosse a ré que desfolhara a rosa e mesmo dando-se o propósito de o fazer, dever-se-ia atribuir tal ação à piedade, pois que d. Quinquina a estava matando pouco a pouco com o veneno da inveja, colocando-a tão perto de suas faces, que tanto a venciam em rubor e viço.

As juradas recolheram-se ao *toilette* e cinco minutos depois voltaram com a sentença, que foi lida por d. Clementina.

O júri declarou d. Carolina criminosa e a condenou a indenizar o dono da rosa com um beijo.

— Para fazer tal — disse a ré — não carecia eu da sentença do júri: tome um beijo, minha prima...

— Não é a mim que o deve dar — respondeu a autora —; o dono da rosa é o sr. Augusto.

De rosa fez-se então o rosto de d. Carolina.

Cônscia: consciente.

Subido: elevado.

Zéfiro: personificação do vento na mitologia grega. Zéfiro é citado na linguagem poética como o mais suave dos ventos.

— O beijo! o beijo! — gritaram as juradas. — Você deu sua palavra!

Ela hesitou alguns momentos... depois, aproximou-se de Augusto e, com seu sorriso feiticeiro e irresistível nos lábios, disse...

— O senhor me perdoa?...

— Não! não! não! — clamaram de todos os lados.

Mas a menina parecia contar com o poder de seus lábios, porque, sorrindo-se ainda do mesmo modo, tornou a perguntar com meiguice e ternura:

— Me perdoa?...

— Não! não!

— Porém, como resistir ao seu sorriso?... como dizer que não a quem pede como ela?... — exclamou Augusto, entusiasmado.

D. Carolina estava, pois, perdoada.

— Agradecida! — disse ela com vivo acento de gratidão e estendeu sua destra para Augusto que, não podendo ceder tudo com tão criminoso desinteresse, tomou entre as suas aquela mãozinha de querubim e fez estalar sobre ela o beijo mais gostoso que tinham até então dado seus lábios.

A manhã desse dia foi assim passada e à tarde voltou-se aos preparativos do sarau.

16. O SARAU*

Um sarau é o bocado mais delicioso que temos, de telhado abaixo. Em um sarau todo mundo tem que fazer. O diplomata ajusta, com um copo de champanha na mão, os mais intrincados negócios; todos murmuram e não há quem deixe de ser murmurado. O velho lembra-se dos **minuetes** e das cantigas do seu tempo, e o moço goza todos os regalos da sua época; as moças são no sarau como as estrelas no céu; estão no seu

*** Na descrição do sarau está o retrato da classe alta brasileira, no século XIX.**

Um sarau é o bocado mais delicioso que temos, de telhado abaixo: isto é, um sarau é o evento mais bacana que pode acontecer dentro de casa.

Minuete: certo tipo de dança antiga, já considerado fora de moda no século XIX, época do romance.

elemento; aqui uma, cantando suave **cavatina**, eleva-se vaidosa nas asas dos aplausos, por entre os quais surde, às vezes, um *bravíssimo* **inopinado**, que solta de lá da sala do jogo o parceiro que acaba de ganhar sua partida no *écarté*, mesmo na ocasião em que a moça **se espicha** completamente, desafinando um sustenido; daí a pouco vão outras, pelo braço de seus pares, se deslizando pela sala e marchando em seu passeio, mais a compasso que qualquer de nossos batalhões da Guarda Nacional, ao mesmo tempo que conversam sempre sobre objetos inocentes que movem olhaduras e risadinhas apreciáveis. Outras criticam de uma gorducha vovó, que ensaca nos bolsos meia bandeja de doces que vieram para o chá, e que ela leva aos pequenos que, diz, lhe ficaram em casa. Ali vê-se um **ataviado dândi** que dirige mil finezas a uma senhora idosa, tendo os olhos pregados na sinhá, que senta-se ao lado. Finalmente, no sarau não é essencial ter cabeça nem boca, porque para alguns é regra, durante ele, pensar pelos pés e falar pelos olhos*****.

E o mais é que nós estamos num sarau. Inúmeros **batéis** conduziram da corte para a Ilha de... senhoras e senhores, recomendáveis por caráter e qualidade; alegre, numerosa e escolhida sociedade enche a grande casa, que brilha e mostra em toda a parte borbulhar o prazer e o bom gosto.

Entre todas essas elegantes e agradáveis moças, que com aturado empenho se esforçam por ver qual delas vence em graças, encantos e donaires, certo que sobrepuja a travessa Moreninha, princesa daquela festa.

Hábil menina é ela! Nunca seu amor-próprio produziu com tanto estudo seu toucador e, contudo, dir-se-ia que o gênio da simplicidade a penteara e vestira. Enquanto as outras moças haviam esgotado a paciência de seus cabeleireiros, **posto em tributo** toda a habilidade das modistas da Rua do Ouvidor****** e coberto seus colos com as mais ricas e preciosas joias, d. Carolina dividiu seus cabelos em duas tranças, que deixou cair

Cavatina: canção que faz parte de uma ópera.

Inopinado: inesperado, súbito.

Se espicha: se esgoela.

Ataviado: enfeitado.

Dândi: indivíduo que se veste com apuro exagerado.

* O autor usou de ironia para dizer que no sarau predominam as danças e os flertes.

Batéis: pequenos barcos.

Posto em tributo: exigido.

** Famosa rua do Rio de Janeiro, onde se vendiam ou se encomendavam os últimos lançamentos da moda europeia.

pelas costas; não quis adornar o pescoço com seu adereço de brilhantes nem com seu lindo colar de esmeraldas; vestiu um finíssimo, mas simples vestido de garça, que até pecava contra a moda reinante, por não ser sobejamente comprido. Vindo assim aparecer na sala, arrebatou todas as vistas e atenções*.

Porém, se um atento observador a estudasse, descobriria que ela **adrede** se mostrava assim, para ostentar as longas e ondeadas madeixas negras, em belo contraste com a alvura de seu vestido branco, e para mostrar, todo nu, o elevado colo de alabastro, que tanto a **aformoseava**, e que seu pecado contra a moda reinante não era senão um meio sutil de que se aproveitara para deixar ver o pezinho mais bem feito e mais pequeno que se pode imaginar.

Sobre ela estão conversando agora mesmo Fabrício e Leopoldo; terminaram sem dúvida a sua prática; não importa. Vamos ouvi-los.

— Está na verdade encantadora!... — repetiu pela quarta vez aquele.

— Danças com ela? — perguntou Leopoldo.

— Não, já estava engajada para doze quadrilhas.

— Oh! lá vai ter com ela o nosso Augusto. Vamos apreciá-lo.

Os dois estudantes aproximaram-se de Augusto, que acabava de rogar à linda Moreninha a mercê da terceira quadrilha.

— **Leva de tábua** — disse Fabrício ao ouvido de Leopoldo —, é a mesma que eu lhe havia pedido.

Mas a jovenzinha pensou um momento antes de responder ao pretendente; olhou para Fabrício e com particular mover de lábios pareceu mostrar-se descontente; depois riu-se e respondeu a Augusto:

— Com muito prazer.

— Mas minha senhora — disse Fabrício, vermelho de despeito e aturdido com um beliscão que lhe dera Leopoldo —, há cinco minutos que já estava engajada até a duodécima.

*** A sedução de Moreninha está na sua imagem de menina.**

Adrede: de propósito.

Aformoseava: deixava formosa.

Leva de tábua: é recusado para dançar.

— É verdade — tornou d. Carolina —, e agora só acabo de ratificar uma promessa; o sr. Augusto poderá dizer se ontem pediu-me ou não a terceira contradança.

— Juro... — balbuciou Augusto.

— Basta! — acudiu Fabrício interrompendo-o —, é inútil qualquer juramento de homem, depois das palavras de uma senhora.

Fabrício e Leopoldo retiraram-se; d. Carolina, que tinha iludido o primeiro, vendo brilhar o prazer na face de Augusto, e temendo que daquela ocorrência tirasse este alguma explicação lisonjeira demais, quis aplicar um corretivo e, erguendo-se, tomou o braço de Augusto. Aproveitando o passeio, disse:

— Agradeço-lhe a **condescendência** com que ia tomar parte na minha mentira... foi necessário que eu praticasse assim; quero antes dançar com qualquer, do que com aquele seu amigo.

— Ofendeu-a, minha senhora?

— Certo que não, mas diz-me coisas que não quero saber.

— Então... que diz ele?

— Fala tantas vezes em amor.

— Meu Deus! é um crime que também eu tenho estado bem perto de cometer!

— Pois bem, foi essa a única razão.

— Mas eu temo perder a minha contradança... alguns momentos mais e serei réu como Fabrício.

— A culpa será de seus lábios.

— Antes dos seus olhos, minha senhora.

— Cuidado, sr. Augusto! lembre-se da contradança!

— Pois será preciso dizer que a detesto?...

— Basta não dizer que me ama.

— É não dizer o que sinto; eu não sei mentir.

— Ainda há pouco ia jurar falso...

— Nas palavras de um anjo ou de uma...

— Acabe.

— Tentaçãozinha.

— Perdeu a terceira contradança.

Condescendência: boa vontade.

— Misericórdia! eu não falei em amor!...*

Nesse momento a orquestra assinalou o começo do sarau. É preciso antecipar que nós não vamos dar ao trabalho de descrever este; é um sarau como todos os outros, basta dizer o seguinte:

Os velhos lembraram-se do passado, os moços aproveitaram o presente, ninguém cuidou do futuro. Os solteiros fizeram por lembrar-se do casamento, os casados trabalharam por esquecer-se dele. Os homens jogaram, falaram em política e requestaram as moças; as senhoras ouviram finezas, trataram de modas e criticaram **desapiedadamente** umas às outras. As filhas deram carreirinhas ao som da música, as mães, já idosas, receberam cumprimentos por amor daquelas e as avós, por não terem que fazer, nem que ouvir, levaram todo o tempo a endireitar as toucas e a comer doces. Tudo esteve debaixo dessas regras gerais; só basta dar conta das seguintes particularidades:

D. Carolina sempre dançou a terceira contradança com Augusto, mas, para isso, foi preciso que a sra. d. Ana empenhasse todo o seu **valimento**; a tirana princesinha da festa esteve realmente desapiedada, e não quis passear com o estudante.

A interessante d. Violante fez o diabo a quatro: tomou doze sorvetes, comeu pão-de-ló como nenhuma, tocou em todos os doces, obrigou alguns moços a tomá-la por par, e até dançou uma **valsa corrupio**.

Augusto apaixonou-se por seis senhoras com quem dançou; o rapaz é incorrigível. E assim tudo mais.

Agora são quatro horas da manhã; o sarau está terminado, os convidados vão retirando-se e nós, entrando no *toilette*, vamos ouvir quatro belas conhecidas nossas, que conversam com ardor e fogo.

— É possível?!... — exclamou d. Quinquina, dirigindo-se à sua mana —, pois é verdade que esse sr. Augusto lhe fez uma declaração de amor?...

— Como quer que lhe diga, maninha!... Asseverou que meus olhos pretos davam à sua alma mais luz do

*** Note como Moreninha é ardilosa. Nesse diálogo, ao mesmo tempo que obriga Augusto a confessar seu amor, recusa-lhe a dança.**

Desapiedadamente: impiedosamente.

Valimento: influência.

Valsa corrupio: valsa muito rápida, com vários giros, que pessoas de idade geralmente não se arriscavam a dançar.

que aos seus olhos todos os candelabros da sala nesta noite, e mesmo do que o sol nos dias mais brilhantes... palavras dele.

— Que insolente!... — tornou d. Quinquina —, ele mesmo, que me jurou ser a mais bela a seus olhos e a mais cara ao seu coração, porque meus cabelos eram fios de ouro e a cor das minhas faces o rubor de um belo amanhecer!... palavras dele.

— Que atrevido!... — bradou d. Clementina —, o próprio que afirmou ser-lhe impossível viver sem alentar-se com a esperança de possuir-me, porque eu sabia ferir corações com minhas vistas e curar profundas mágoas com meus sorrisos!... palavras dele.

— Oh! que moço abominável!... — disse, por sua vez, d. Gabriela —, e ousou dizer-me que me amava com tão subida paixão que, se fora por mim amado e pudesse desejar e pedir algum extremo, não me pediria como a outras, para beijar-me a face, porque das virgens do céu somente se beijam os pés, e de joelho!... palavras dele.

— Mas isso é um insulto feito a todas nós!

— Como se estará ele rindo!...

— Qual! se ele está apaixonado...

— Apaixonado?... e por quem?

— Por nós quatro... talvez por outras mais: ele pensa assim.

— Que maldito brasileiro com alma de **mouro**!

— E havemos de ficar assim?...

— Não — acudiu d. Joaninha —; vamos ter com ele, desmascaremo-lo.

— Isso é nada para quem não tem vergonha!...

— Pois troquemos os papéis: finjamos que estávamos tratadas para desafiar-lhe os requebros, e... ridicularizemo-lo como for possível.

— Sim... obriguemo-lo a dizer qual de nós é a mais bonita; cada uma lhe pedirá um anel de seus cabelos... uma prenda... uma lembrança... ponhamo-lo doido.

— Muito bem pensado! vamos!

— Deus nos livre!... à vista de tanta gente!...

Mouro: árabe do norte da África. O comentário provavelmente alude à tradição da poligamia de alguns povos árabes.

— Então, quando e aonde?

— Uma ideia... seja a zombaria completa; escreva-se uma carta anônima, convidando-o para estar ao romper do dia na gruta.

— Bravo! então escreva...

— Eu, não; escreva você...

— Deus me defenda!... escreva, d. Gabriela, que tem boa letra...

— Então, nenhuma escreve?

— Pois tiremos por sorte.

A ideia foi recebida com aprovação e a sorte destinou para secretária d. Clementina, que, tirando de seu álbum um lápis e uma tira de papel, escreveu sem hesitar:

"Senhor: — Uma jovem que vos ama e que de vós escutou palavras de ternura tem um segredo a confiar-vos: ao raiar da aurora a encontrareis no banco de relva da gruta; sede circunspecto e vereis a quem, por meia hora ainda, quer ser apenas — *Uma incógnita*."

— Bem — disse d. Quinquina —, eu me encarrego de fazer-lhe receber a carta. Saiamos.

As quatro moças iam sair, quando um suspiro as suspendeu; mais alguém estava no *toilette*. D. Joaninha, medrosa de que uma testemunha tivesse presenciado a cena que se acabava de passar, voltou-se para o fundo do gabinete e o susto logo se dissipou.

— Vejam como ela dorme!... — disse.

Com efeito, recostada em uma cadeira de braços, d. Carolina estava profundamente adormecida.

A Moreninha se mostrava, na verdade, encantadora no mole descuido de seu dormir, e à mercê de um doce **resfolegar**, os desejos se agitavam entre seus seios; seu pezinho bem à mostra, suas tranças dobradas no colo, seus lábios entreabertos e como por costume amoldados àquele sorrir cheio de malícia e de encanto que já lhe conhecemos e, finalmente, suas pálpebras cerradas e coroadas por **bastos** e negros supercílios a tornavam mais feiticeira que nunca.

Resfolegar: respirar.

Bastos: espessos.

D. Clementina não pôde resistir a tantas graças: correu para ela... dois rostos angélicos se aproximaram... quatro lábios cor-de-rosa se tocaram e este toque fez acordar d. Carolina.

Um beijo tinha despertado um anjo, se é que o anjo realmente dormia*.

17. FORAM BUSCAR LÃ E SAÍRAM TOSQUIADAS**

Se houve alguém que quisesse servir a d. Quinquina, ou se foi ela mesma quem pôs a carta anônima no bolso da jaqueta de Augusto, é coisa que pouco interesse dá; o certo é que o estudante, indo tirar o lenço para assoar-se, achou o interessante escritinho; então correu logo para um lugar solitário, e só depois de devorar o convite sem assinatura, foi que lembrou-se que ainda não se havia assoado e que o pingo estava cai não cai na ponta do nariz***; enfim, ainda com o lenço acudiu a tempo, e depois entendeu que, para melhor decidir o que lhe cumpria fazer naquela conjuntura, deveria avivar o cérebro, sorvendo uma boa pitada de rapé; portanto, lançou a mão ao segundo bolso de sua jaqueta, e eis que lhe sai com a caixa do bom **Princesa** um outro escritinho como o primeiro.

— Bravo! — exclamou o nosso estudante — temíveis mãozinhas seriam essas, se se dessem ao exercício, não de encher, mas de **vazar** as **algibeiras** da gente.

E sem mais dizer, abriu e leu o escrito.

"Senhor: — Uma moça, que nem é bonita, nem namorada, mas que quer interessar-se por vós, entende dever prevenir-vos que no banco de relva da gruta não achareis ao amanhecer uma incógnita, porém quatro conhecidas, que pretendem zombar de vós, porque esta mesma noite jurastes amar a cada uma delas em

*** O narrador praticamente afirma o que já estava insinuado: a Moreninha fingia dormir.**

**** O título do capítulo antecipa o que irá acontecer entre as moças e Augusto. O sentido da expressão é o de que aqueles que pensam levar a melhor, acabam, muitas vezes, levando a pior.**

***** O grotesco da descrição é um dos recursos de que se vale o narrador para conseguir criar humor.**

Princesa: marca de rapé português da época.

Vazar: esvaziar.

Algibeiras: bolsos.

particular. Não procureis adivinhar quem vos escreve, porque apesar de vossa amiga será por agora — *Uma incógnita*."

— Muito bonito! muito bonito!... — disse Augusto, beijando o bilhete —, estou exatamente representando um papel de romance! mas quem sabe se ainda acharei mais cartas?...

E nisso pensando, foi correndo um por um todos os bolsos de **seus vestidos** sem esquecer o do relógio; e até passou os dedos pela sua basta cabeleira, presumindo que talvez introduzissem algum no enorme canudo de cabelos que lhe escondia as orelhas.

Porém nada mais havia; também duas cartas tão curiosas já eram de sobra em uma só noite.

O estudante pensou no conteúdo de ambas, e ainda **reflexionava** se lhe cumpria fugir ou aceitar um **certame** com quatro moças, que ele adivinhava quais eram, quando a primeira rosa da aurora se desabriu no horizonte. Augusto correu para a gruta encantada.

Chegando ao pé, foi de mansinho se aproximando, sentiu rumor e ouviu que alguém dizia em tom baixo:

— Oh! se ele vier!

— Ei-lo aqui, minhas belas senhoras — exclamou o estudante, que entendeu não lhes dever nunca dar tempo a tomarem a ofensiva —, eis-me aqui!...

As moças, que estavam todas sentadinhas no banco de relva, como quatro pombas-rolas enfileiradas no mesmo galho, ergueram-se sobressaltadas ao ver entrar inopinadamente o estudante; era isso mesmo o que ele queria, pois continuou:

— As senhoras veem que acudi de pronto ao honroso convite e que me entusiasmo vendo quatro auroras em lugar de uma só. Belo amanhecer é este, sem dúvida... mas exposto ao fogo abrasador de oito olhos brilhantes... eu me sinto arder... juro que tenho sede... Eis ali uma fonte... Mas, meu Deus, é a fonte encantada que descobre os segredos de quem está conosco!... bem! bem! melhor... uma gota dessa **linfa** de fadas!...

Seus vestidos: sua roupa.

Reflexionava: refletia.

Certame: aqui tem o sentido de desafio.

Linfa: água pura, na linguagem poética.

— O que é que ele está dizendo, mana? — exclamou d. Quinquina, apontando para Augusto, que tinha entre os lábios o copo de prata.

— É preciso decidir-nos a começar — disse d. Gabriela.

— Principie você — disse d. Joaninha.

— Eu não! comece você.

— Eu não, que sou a mais moça.

Então o estudante, que tinha acabado de esgotar o seu copo d'água, voltou-se para elas, e dando a seu rosto uma expressão animada e às suas palavras estudado acento:

— Começo eu, minhas senhoras — disse — e começo por dizer-vos que aquela fonte é realmente encantada; sim, eu tenho, à mercê de sua água, adivinhado belos segredos: escutai vós... Perdoai e consenti que vos trate assim, enquanto vos falar inspirado por um poder sobrenatural. Vós viestes aqui para maltratar-me e zombar de mim, por haver amado a todas vós numa só noite; que ingratidão!... eu vos poderia perguntar como o poeta: *Assim se paga a um coração amante?!* mas, desgraçadamente, a fada que preside àquela fonte, quer mais alguma coisa ainda, e me dá uma cruel missão! ordena-me que eu diga a cada uma de vós, em particular, algum segredo do fundo de vossos corações, para melhor provar os seus encantamentos. Pois bem, é preciso obedecer; qual de vós quer ser a primeira?... Eu não ouso falar alto, porque pelo jardim talvez estejam passeando alguns profanos. Qual de vós quer ser a primeira?...

Nenhuma se moveu.

— Será preciso que eu escolha? — continuou o tagarela. — Escolherei... Iluminai-me, boa fada! Quem será?... será... a sra. d. Gabriela?

— Eu?! — respondeu a menina, recuando.

— A senhora mesma — disse Augusto, trazendo-a pela mão para junto da fonte —, vinde, senhora, para bem perto do lugar encantado; agora silêncio... ouvi.

— Ele está mangando conosco — murmurou d. Clementina.

Augusto já estava falando em voz baixa a d. Gabriela.

— Vós, senhora, ainda não amastes a pessoa alguma; para vós amor não existe: é um sonho apenas, e só olhais como real a galanteria; vós quereis zombar de mim, porque vos protestei os mesmos sentimentos que havia protestado a mais três companheiras vossas, e todavia, estais incursa em igual delito, pois só por cartas vos correspondeis com cinco mancebos.

— Senhor!...

— Oh! não vos impacienteis; quereis provas?... Há quatro dias, uma

vendedeira de empadas, que se encarrega de vossas cartas, enganou-se na entrega de duas; trocou-as e deu, se bem se lembra a fada, a de lacre azul ao sr. Juca e a de lacre verde ao sr. Joãozinho.

— Ora... ora, senhor! quem lhe contou essas invenções?

— A fada! e fez mais ainda. Vós não achareis em vosso álbum o escrito desesperado do sr. Joãozinho, que vos foi entregue no momento de vossa partida para esta ilha; sou eu que o tenho, a fada mo deu há pouco com sua mão invisível.

— Impossível! — balbuciou d. Gabriela, recorrendo ao seu álbum.

Ela não podia encontrar o escrito.

— Sr. Augusto — disse então, toda vergonha e acanhamento —, eu lhe rogo que me dê esse papel.

— Pois não quereis ouvir mais nada!...

— Basta o que tenho ouvido e que não posso bem compreender; mas dê-me o que lhe pedi.

— Daqui a pouco, senhora, na hora de minha partida para a corte, porém com uma condição.

— Pode dizê-la.

— Sois sobremaneira delicada, senhora; esse excesso vos deve ser nocivo; quereis fazer-me o obséquio de ir descansar e dar-me a honra de aceitar a minha mão até à porta da gruta?...

— Com muito prazer.

Então os dois se dirigiram para fora; passando junto das três companheiras, d. Gabriela pôde apenas dizer-lhes:

— Até logo.

Chegando à porta, Augusto falou já em outro tom:

— Minha senhora, espero que me faça a justiça de crer que fico extremamente penalizado por não poder **dilatar** por mais tempo a glória de acompanhá-la; mas sabe o que ainda tenho de fazer.

— Obrigada — respondeu d. Gabriela —, não poupe as outras.

Vendedeira: vendedora.

Dilatar: estender.

Não é possível bem descrever a admiração das três.

Augusto chegou-se a d. Quinquina, e tomando-lhe a mão disse:

— Minha senhora, é chegada a vossa vez.

D. Quinquina deixou-se levar para junto da fonte; as moças tinham perdido toda a força; o que diante delas se passava pedia uma explicação que não estava ao seu alcance dar. Augusto começou:

— Senhora, eu poderia dizer-vos, pelo que me conta a boa fada, que vós sois como as outras de vossa idade, tão volúveis como eu; mas para tal saber não precisava eu beber da água encantada; podia também gastar meia hora em falar do vosso galanteio com um tenente da Guarda Nacional, por nome Gusmão...

— Senhor!...

— Por nome Gusmão, que leva o seu despotismo amoroso ao ponto de exigir que não valseis, que não tomeis sorvetes, que não deis *dominus tecum* quando ao pé de vós espirrar algum moço e que não vos riais quando ele estiver sério.

— Quem lhe disse isso, senhor?

— A fada, senhora; e ainda me disse mais: por exemplo, contou-me que no baile dessa noite, passeando com um velho militar, vós recebestes da mão dele um lindo cravo e a seus olhos o escondestes, com gesto apaixonado, no palpitante seio; mas daí a um quarto de hora essa mesma flor, tão ternamente aceita, deveria ir parar ao bolso de um belo jovem, chamado Lúcio, se acaso não fosse roubada pela fada que preside esta fonte.

— Eu não entendo nada do que o senhor está dizendo... isso não é comigo.

— Eu me explico: o sr. Lúcio viu ser dado e recebido o presente, e fingindo-se zeloso, vos pediu esse cravo, muito notável porque, além da flor aberta, havia sete flores em botão. Ora, dizei, não é verdade? Pois o sr. Lúcio queria esse cravo, mas vós não lho podíeis dar, porque o velho militar não tirava os olhos de vós; ora conversando com o sr. Lúcio, acordastes ambos que ele iria esperar um instante no jardim e que um pequeno escravo, por nome Tobias, lhe levaria a flor; e como o tal Tobias ainda não conhecia o sr. Lúcio, este lhe daria por senha as seguintes palavras — *sete botões;* — não foi assim?

D. Quinquina guardou silêncio, porque tudo era verdade; ela estava cor de nácar. Augusto prosseguiu.

— Isso se passou estando vós na grande varanda, sentados em um banco e com as costas voltadas para uma janela da sala do jogo; ora a fada esteve recostada a essa janela, ouviu quanto dissestes e como lhe é dado tomar todas as figuras, tomou a do moço, foi ao jardim, e quando viu o Tobias, disse — *sete botões;* — e o cravo foi logo da fada e é agora meu; ei-lo aqui!...

— Isso é uma invenção; eu não conheço essa flor.

— Bem então consentireis que eu a traga esta manhã no meu peito?... Se não confessais, eu a mostrarei... O senhor coronel ainda se não retirou e...

— Perdoe-me — balbuciou, enfim, d. Quinquina, deixando cair uma lágrima na mão de Augusto. — Dê-me esse maldito cravo.

— Eu vo-lo darei na hora de minha partida, senhora; porém, ouvi mais.

— Basta.

— Pois bem, basta; mas eu vejo que vossa face está umedecida; seria uma lágrima se o relento da noite não molhasse também a rosa. Quereis descansar sem dúvida; poderei gozar o prazer de conduzir-vos até à porta da gruta?...

— Sim, senhor.

Duas guerreiras tinham sido batidas; só a curiosidade retinha as outras; Augusto se chegou para elas e falou a d. Clementina:

— Agora nós, senhora.

Ela deixou-se levar pela mão até junto da fonte, e o estudante começou:

— Quereis fatos de anteontem ou da noite passada, senhora?

— Eu não entendo o que o senhor quer dizer.

— Pergunto, senhora, se vos dá gosto que eu vos repita o que convosco se passou, quando tomáveis um sorvete ao lado de um jovem de cabelos negros... o que convosco conversou o meu colega Filipe, quando tomáveis chá?

— Eu não preciso saber mais nada disso.

— Então dir-vos-ei o que mais vos interessa; sossegarei mesmo os vossos cuidados e os do sr. Filipe, a respeito da perda de certo objeto...

— Sr. Augusto...

— Senhora, foi a fada desta misteriosa fonte quem vos roubou um precioso embrulho que continha uma trança de vossos cabelos e que deveria ser achado embaixo da quarta roseira da rua que vai ter ao caramanchão; e essa trança para hoje em minhas mãos, ei-la aqui!...

— Oh! dê-ma.

— Não preferis antes que eu a entregue ao feliz para quem a destináveis?

— Não, eu lhe peço que ma dê.

— Eu estou pronto a obedecer-vos, senhora, mas só na hora de minha partida. Vós quatro queríeis zombar de mim, e não concebo até onde iria a vossa vingança; preciso de reféns que assegurem a paz entre nós, estes são os meus; quereis saber mais alguma coisa?

— Eu já sei que o senhor sabe demais!

— Então...

— Quer, como às duas primeiras, oferecer-me a mão e obrigar-me a **desamparar o campo**? Venceu, senhor, e sou eu que lhe peço que me acompanheis até à porta da gruta.

— Eu estou pronto, senhora, para servir-vos em tudo.

Só restava d. Joaninha: era a vez dela.

— Eu vos deixei para o fim — disse Augusto — porque a vós é que eu mais admiro, porque vós sois exatamente a única dentre elas que tem amado melhor e que mais infeliz tem sido; eu vos explicarei isso. Sois, todavia, um pouco excessiva em exigências.

— Que quer dizer, sr. Augusto?

— Que quereis muito, quando ordenais a um estudante que vos escreva quatro vezes por semana, pelo menos; que passe defronte de vossa casa quatro vezes por dia; que vá a miúdo ao teatro e aos bailes que frequentais, e até que não fume charutos de Havana, nem de Manilha, por ser falta de patriotismo.

— Quem lhe disse isso, senhor?

— A fada, senhora, que sabe que amais a um moço, a quem dais a honra de chamar querido primo.

— É uma vil traição!

— Exatamente diz o mesmo a nossa boa fada, e ainda mais, senhora, quer que eu vos aconselhe a que desprezeis esse jovem infiel, que não sabe pagar o vosso amor: eu poderia dar-vos provas...

— Não as tenho eu bastantes — exclamou d. Joaninha com sentimento —, quando lhe ouço repetir o que deveria ser sabido dele e de mim somente?

Augusto ia falar; ela o interrompeu.

— Senhor, eu agradeço o benefício que recebi; o senhor quis zombar de mim, como das outras, mas não o fez; ao contrário, atalhou em princípio uma grande enfermidade, que, talvez, fosse daqui a pouco tempo incurável! Eu galanteio também às vezes, porém sei amar ao extremo. Adeus, senhor! eu posso apenas agradecer-lhe dizendo que tenho tanta confiança na sua discrição e

Desamparar o campo: abandonar o campo, isto é, sair.

no seu caráter, que nem mesmo lhe recomendo o cuidado do meu segredo.

D. Joaninha ia deixar a gruta, e Augusto lhe ofereceu o braço.

— Agradecida — disse ela. — Permita que eu entre só em casa.

Augusto ficou só. Esteve alguns momentos lembrando-se da cena que acabava de ter lugar; finalmente disse, soltando uma risada:

— Vieram buscar lã e saíram tosquiadas!

E já estava para pôr o pé fora da gruta, quando uma voz branda e sonora o suspendeu, dizendo:

— Agora, sr. Augusto, é chegada a sua vez...*

18. ACHOU QUEM O TOSQUIASSE

Escutando aquelas inesperadas palavras que o chamavam para a mesma posição em que ele tinha colocado as quatro moças, Augusto voltou-se de repente e viu no fundo da gruta a interessante Moreninha, que enchia o copo de prata.

— Minha senhora!... — balbuciou o estudante confuso.

D. Carolina respondeu-lhe primeiro com o seu costumado sorriso e depois assim:

— Não se dirá que um homem zombou impunemente de quatro senhoras; uma outra toma o cuidado de vingá-las. Sr. estudante, eu também sou adepta ao culto dessa fada e vou invocá-la em meu auxílio.

A menina travessa bebeu em seguida a essas palavras o seu copo d'água e, depois, imitando o estilo de Augusto, que se achava junto dela, disse:

— Quereis que vos fale do passado, do presente, ou do futuro?

*** Novamente um corte abrupto de capítulo, constituindo um "gancho" folhetinesco.**

— De todas essas épocas... ao menos para ouvir por mais tempo os **vaticínios** e palavras de tão amável **sibila**.

— Pois então principiemos pelo passado. Oh! que belas revelações me faz a fada! Sim, eu estou lendo no livro da vossa vida, estou vendo tudo, estou dentro do vosso espírito e de vosso coração!

— Oh! sim, eu juro que isso é verdade — atalhou o estudante*.

A menina fingiu não entender a alusão e continuou:

— Senhor, vós amastes muito cedo... creio... sim, foi na idade de treze anos.

Augusto recuou um passo; ela prosseguiu:

— Amastes, sim, a uma menina de sete anos, com quem brincastes à borda do mar.

— E quem era ela? Como se chamava? — perguntou Augusto, com fogo, talvez pensando que d. Carolina estava, com efeito, adivinhando e podia dizer-lhe o que ele mesmo ignorava.

— Posso eu sabê-lo? — respondeu a Moreninha — a fada só me diz o que se passou em vosso coração, e vós, por certo, que também não sabeis quem era essa menina e só a conheceis pelo nome de "minha mulher".

— Prossiga, minha senhora!

— Poderia eu contar-vos uma longa história de velho moribundo, esmeralda, camafeu, mas basta de *vossa mulher*; permiti que vos diga que mostrava ser uma criança doidinha, que cedo começava a fazer loucuras.

— Que cruel juízo!

— Oh! não vos agasteis; eu a respeito também, em atenção a vós, porém, vamos acabar com o vosso passado. Houve um tempo em que quisestes figurar entre os vossos amigos como galanteador de damas, e por justo e bem merecido castigo fostes desgraçado: todas elas zombaram de vós!

E a menina interrompeu-se, para rir-se da cara que fazia Augusto.

Vaticínios: profecias.

Sibila: profetisa.

*** Note o tom de deboche usado por Augusto.**

— Ora, por essa não esperava eu — disse o estudante.

— A primeira jovem que requestastes foi uma moreninha de dezesseis anos, que jurou-vos gratidão e ternura, e casou-se oito dias depois com um velho de sessenta anos! Não foi assim?

E a menina de novo desatou a rir.

— Minha senhora, de que se ri tanto?

— Ora! é que a fada está me dizendo que ainda em cima os vossos amigos, quando souberam de tal, deram-vos uma roda de cacholetas!

— Então a sra. d. Ana lhe contou tudo isso?

— Juro-vos, senhor, que minha avó não me fala em semelhantes objetos. Consenti que eu continue. A segunda foi uma jovem coradinha, a quem em uma noite ouvistes dizer num baile que éreis um pobre menino com quem ela se divertia nas horas vagas, não foi assim?

— Prossiga, minha senhora.

— A terceira foi uma moça pálida, que zombou solenemente, tanto de um primo que tinha, como de vós. Eis alguns de vossos principais galanteios. Exasperado com o infeliz resultado deles e vivamente tocado das letras e da música de certo lundu que se vos cantou, tomastes outro partido e desde então vós pretendeis fazer-vos passar por borboleta de amor.

— Borboleta?!... Sim... Sim... lembro-me agora que a senhora passeava pelo jardim. Já sei de quem foram certas carreirinhas e, portanto, compreendo que sabeis de tudo à custa...*****

— À custa da fada, senhor, e escuso estender-me mais, porque vós estais bem certo de que eu devo saber ainda muito.

— Sim, mas diga sempre.

— Não, antes quero falar-vos do vosso presente.

— Pelo amor de seus belos olhos, minha senhora, vamos antes ao que eu não sei, vamos ao meu futuro.

— Sois sobejamente **sôfrego**! Não vedes como isso vai contra a boa ordem da narração?

*** Aqui fica confirmado que Carolina de fato escutava a conversa "secreta" entre Augusto e d. Ana.**

Sôfrego: impaciente.

— Mas a desordem é hoje moda! o belo está no desconcerto; o sublime no que se não entende; o feio é só o que podemos compreender: isto é romântico; queira ser romântica, vamos ao meu futuro.

— Pois bem, vamos ao vosso futuro. Principiarei, como pretendia fazer, se falasse do presente de vossa vida, dizendo-vos que vós não sois tão inconstante como afetais.

— Misericórdia!

— Mas que estais a ponto de o ser; digo-vos que perdereis uma certa aposta que fizestes com três estudantes.

— Como é isso? Então a senhora sabe...

— A fada, que me revelou isso, leu o termo na carteira de quem o guardou.

— A fada? sim, a feiticeira o leu... Compreendo*.

— Vós não sois inconstante, porque tendes até hoje cultivado com religioso empenho o amor de vossa mulher; mas vós o ides ser, porque não longe está o dia em que a esquecereis por outra.

— A culpa será dos olhos dessa outra; porém quem sabe?...

— Desejo que não; contudo, eu já vos vejo em princípio e temo que ides ao fim; sereis perjuro, tereis de escrever um romance e perdoai-me se vos desejo esse mal: eu quisera que ao pé de meu irmão, que vos apresentará o termo da aposta, aparecesse a vossos olhos a mulher traída. Do vosso futuro eis quanto me disse a fada.

— E disse bastante para me confundir.

— Quereis que vos fale agora do vosso presente?

— Oh, se quero! No presente está a minha glória.

— Ontem, no baile, dissestes palavras de ternura pelo menos a seis senhoras.

— Esta agora é melhor! e quem o pôde notar?

— Provavelmente a fada vos observava.

— Então a fada, a feiticeira fazia isso?

— Depois do baile puseram-vos duas cartas no bolso.

— Que mãos delicadas...

*** As palavras de Augusto são ambíguas, pois fada e feiticeira têm sentidos diferentes: a que sabe tudo e a que seduz.**

— Não mo sabe dizer a fada, porém vós viestes para esta gruta acudindo a um convite e fingistes adivinhar segredos de corações. Não era verdade: a fada nada vos revelou, e o que dissestes sabíeis antes e a fada me disse como.

— Explique-me, pois, minha senhora.

— Quando involuntariamente fui causa de vos entornarem café nas calças, vós fostes mudar de roupa e entrastes para o gabinete das senhoras; lá ouvistes tudo o que afetastes adivinhar há pouco.

— E quem me viu entrar?

— A fada, sem dúvida. O cravo de d. Quinquina fostes vós que o recebestes no jardim: na noite dos jogos de prendas, fostes vós ainda quem, com uma luz na mão, procurou e achou a trança de cabelos de d. Clementina, embaixo da quarta roseira da rua que vai para o caramanchão.

— Mas quem observou o que eu fiz às escondidas e com tanto cuidado?

— A fada, que, segundo penso, vos tem sempre seguido com os olhos.

— A fada?!... a feiticeira me segue sempre com os olhos?!... Oh! como sou feliz!... a feiticeira é a senhora!*

— Senhor! sois pouco modesto; que me importariam vossos passos e vossas ações?...

— Perdão! perdão!... eu sou um tresloucado... um incivil... um doido... não sei o que faço, nem o que digo, mas continue...

— Basta! vós duvidastes da fada e por isso eu termino aqui.

— Não! não minha senhora! é preciso dizer-me mais alguma coisa ainda!... por força a fada lhe deveria ter revelado! ela, que adivinha tudo o que está dentro do meu coração, diga o que ainda se passa nele.

— Nada mais me disse.

— Beba outro copo d'água...

— Não julgo necessário.

— Pois então...

*** Note o interesse de Carolina por Augusto.**

— Cumpre retirar-me.

— Não é por certo! perdoe-me, minha senhora, mas eu devo descobrir todos os meus segredos a quem conhece tão boa parte deles.

— Eu me contento com o pouco que sei.

— Ouça uma só palavra...

— Não sou curiosa.

— Pois a senhora...

— Sei que sou senhora, mas sou exceção de regra; não quero saber.

— Embora, eu lhe direi ainda contra a vontade...

— E para isso toma-me a saída?...

— É só para lhe dizer que eu amo...

— Já sei, à *sua mulher*...

— Não é isso: a uma bela moça...

— Ela o deve ser agora.

— Muito espirituosa...

— Já ela o era em criança.

— E que se chama...

— Ah! espreitam-nos da entrada da gruta!*

Augusto correu a examinar quem era a indiscreta testemunha; não aparecia pessoa alguma; compreendeu então que fora ainda um meio de que se lembrara d. Carolina para não deixá-lo concluir sua declaração e, disposto a lançar-se aos pés da menina, voltou-se já com o nome da bela nos lábios, e...

D. Carolina tinha desaparecido da gruta.

*** Carolina impede que Augusto traia sua mulher, declarando-lhe amor. Por que será?**

19. ENTREMOS NOS CORAÇÕES

O que é bom dura pouco. As festas estão acabadas, as nossas belas conhecidas bordam, os nossos alegres estudantes estão de livro na mão. Mas, pelo que toca a estes, qual é digam-me, qual o estudante que, depois de uma patuscada de tom, não fica por oito dias incapaz de compreender a mais insignificante lição? Isto sucede assim; essa pobre gente vê, por toda a parte e misturando-se com todos os pensamentos, no livro em que estuda, nas estampas que observa, na dissertação que escreve, o baile, as moças e os prazeres que apreciou.

O nosso Augusto, por exemplo, está agora bronco para as lições e impertinente com tudo. Rafael é quem **paga o pato**: se o inocente moleque lhe apronta o chá muito cedo, **apanha meia dúzia de bolos**, porque quer ir vadiar pelas ruas; se no dia seguinte se demora só dez minutos, leva dois pescoções, para andar mais ligeiro. Não há, enfim, coisa alguma que possa contentar o sr. Augusto; está aborrecido da medicina, tem feito duas **gazetas** na aula; de ministerial, que era, passou-se para a oposição*****; não quer mais ser assinante de periódicos, não há para seus olhos lugar nenhum bonito no mundo; **aborrece a corte**, detesta a roça e só gosta das ilhas.

Deveremos fazer-lhe uma visita; ele está em seu gabinete e um pouco menos carrancudo, porque Leopoldo, o seu amigo do coração, o acompanha e tem a paciência de estar ouvindo pela duodécima vez a narração do que com ele se passou na Ilha de...

Segundo parece, Augusto acaba de relatar o que ocorreu na gruta, entre ele e a bela Moreninha, porque Leopoldo lhe perguntou:

— E por onde fugiria ela?...

— Por uma difícil saída que eu não tinha observado — respondeu Augusto, e que exatamente se praticava no fundo da gruta.

— Que diabinho de menina!

— Quanto mais se tu notasses a graça e a malícia com que ela, quando entrei na sala, me perguntou sossegadamente: "Esteve dormindo na gruta, sr. Augusto?..."

— Então ela gostou da tua semideclaração?!...

— Não... não... se ela tivesse gostado, não me fugiria.

— Ora, é boa! não devia fazer outra coisa.

Paga o pato: expressão popular que, já no século XIX, significava "leva a culpa por outro".

Apanhar bolos: ser castigado com a palmatória (peça usada para bater na palma da mão). Observe o costume de punir escravos, mesmo entre as pessoas sensíveis e de bom coração.

Fazer gazetas: cabular aulas.

*** Isto é, apoiava o ministério do governo e agora está na oposição.**

Aborrece a corte: acha tediosa a vida na corte.

— Se ela gostasse de mim!... mas, por que não me deu um só sinal de ternura?... Também eu, às vezes tão adiantado, fui desta um tolo, um basbaque! tremi diante de uma criança que não tem quinze anos e não soube dizer duas palavras*****.

— Estás doido, Augusto, e doido varrido; acredita que d. Carolina foi mais sensível aos teus cumprimentos que aos de nenhum outro; e se não, dize por que não se deixou ela dormir, como as outras senhoras, e foi à hora de tua partida passear pela praia e ver-te embarcar?... Por que ficou ali passeando até desaparecer o teu batelão?

— Isso não significa nada******.

— Ora, ature-se um namorado!... mas venha cá sr. Augusto, então como é isso?... estás realmente apaixonado?!

— Quem te disse semelhante asneira?...

— Há três dias que não falas senão na irmã de Filipe e...

— Ora viva! quero divertir-me... digo-te que a acho feia; não é lá essas coisas; parece ter mau gênio. Realmente notei-lhe muitos defeitos... sim... mas, às vezes... Olha, Leopoldo, quando ela fala ou mesmo quando está calada, ainda melhor; quando ela dança, ou mesmo quando está sentada... ah! ela, rindo-se e até mesmo séria... quando ela canta ou toca ou brinca ou corre, com os cabelos ***à negligé***, ou divididos em belas tranças; quando... Para que dizer mais? Sempre, Leopoldo, sempre ela é bela, formosa, encantadora, angélica!*******

— Então, que história é essa? Acabas divinizando a mesma pessoa que, principiando, chamaste feia?...

— Pois eu disse que ela era feia? É verdade que eu... no princípio... Mas depois... Ora, estou com dores de cabeça; esse maldito Velpeau!... que lição temos amanhã?

— Tratar-se-á das representações de...

— Temos maçada! Quem te perguntou por isso agora? Falemos de d. Carolina, do baile, do...

— Eis aí outra! Não acabaste de perguntar-me qual era a lição de amanhã?

*** Observe que Carolina é uma adolescente, mas, naquela época, as moças casavam-se cedo. Por volta dos quatorze anos já eram consideradas aptas para assumir um compromisso de noivado e casamento. Por isso são tratadas por "senhora" e "dona", como vemos no romance. De qualquer forma, Augusto irrita-se com o seu embaraço diante de uma menina bem mais nova. Mesmo com a diferença de idade e quase se formando médico, ele também se comporta como um adolescente nos assuntos que envolvem o coração.**

**** A paixão de Carolina por Augusto é evidente, mas o rapaz não se dá conta disso.**

***À negligé* (em francês): soltos.**

***** A contradição de Augusto revela sua paixão por Moreninha.**

— Eu? pode ser... Esta minha cabeça!...

— Não é a tua cabeça, Augusto, é o teu coração.

Houve então um momento de silêncio. Augusto abriu um livro e fechou-o logo; depois tomou rapé, passeou pelo quarto duas ou três vezes e, finalmente, veio de novo sentar junto de Leopoldo.

— É verdade — disse. — Não é a minha cabeça: a causa está no coração. Leopoldo, tenho tido **pejo** de te confessar, porém não posso mais esconder esses sentimentos que eu penso que são segredos e que todo mundo mos lê nos olhos! Leopoldo, aquela menina que **aborreci** no primeiro instante, que julguei insuportável e logo depois espirituosa, que daí a algumas horas comecei a achar bonita, no curto trato de um dia, ou melhor ainda, em alguns minutos de uma cena de amor e piedade, em que a vi de joelhos banhando os pés de sua ama, plantou no meu coração um domínio forte, um sentimento filho da admiração, talvez, mas, sentimento que é novo para mim que não sei como o chame, porque o amor é um nome muito frio para o que o pudesse exprimir!... Eu já não me conheço... Não sei onde irá isso parar... Eu amo! ardo! morro!*****

— Modera-te, Augusto; acalma-te; não é graça; olha que estás vermelho como um pimentão.

— Oh! tudo naquela ilha fatal se assanhou para enfeitiçar-me, tudo, até a própria mentira.

— E tu acreditaste muito nessa senhora?...

— Escuta, Leopoldo: uma vez que com a avó de Filipe conversava na gruta, eu, fatigado e **sequioso**, bebi um copo d'água da fonte do rochedo; então, a nossa boa hóspeda contou-me uma fabulosa e singular tradição daquela fonte. A água dizia-se milagrosa e quem a bebesse não sairia da ilha sem amar algum de seus habitantes. Eis aqui, pois uma mentira, mais uma mentira que excitou a minha imaginação; uma mentira que me perseguiu lá dois dias e que me persegue ainda hoje; uma mentira, enfim, que se transformou em verdade, porque eu bebi daquela água e não pude deixar a ilha sem amar, e muito, um de seus habitantes...

Pejo (ê): timidez, vergonha.

Aborreci: não achei interessante.

*** Note o tom melodramático que corresponde a uma das características românticas: a exaltação dos sentimentos.**

Sequioso: sedento.

— Deveras que isso não deixa de ser interessante. Mas que efeito esperas tu que provenha de toda essa **moxinifada**?

— Que efeito?... O... amor...

— Amor?... Amor não é efeito, nem causa, nem princípio, nem fim, e é tudo isso ao mesmo tempo; é uma coisa que... sim... finalmente, para encurtar razões, amor é o diabo... Dize-me, pois, sinceramente falando, qual o resultado que pensas tirar de tudo isso que me contaste.

— Que resultado?... O... amor...

— E ele a dar-me com o maldito amor! Augusto, falemos sério; essa tua exaltação estava muito em ordem num moço que quisesse desposar d. Carolina; porém tu nem cuidas em casamento nem, se em tal pensasses, te lembrarias, roceiro como és, de escolher para mulher uma menina que foi criada, educada e pode-se dizer que mora na corte*.

— Essa agora não é má!... Deveras que ainda me não passou pela mente a ideia do casamento, nem chegará a tal ponto minha loucura; mas suponhamos o contrário disso: que mal tu achas em que um roceiro se case com uma moça da cidade?

— Que mal?... Ora, escuta: devendo ir morar na roça, a moça tem, necessariamente, de mudar de costumes e de vida; compreende pois, quanto atormentará o coração do pobre marido a vista dos dissabores e contrariedades que sofrerá na solidão e monotonia campestre uma senhora amamentada no seio dos prazeres e festins da corte!... quanto devem entristecer os suspiros e saudades de que será testemunha, quando a amada companheira recordar-se de sua família, de suas amigas, do teatro, do passeio, dessa cadeia de delícias, enfim, que, apesar dela, a ligará ainda a seu passado.

— Oh! não, não, Leopoldo, se o marido for amado. Quando se ama deveras e se está com o objeto do amor, não se recorda, não se deseja, não se quer mais nada!...

— Tu falas em amor, Augusto?... Ainda bem que somos ambos estudantes da roça e posso dizer-te agora o

Moxinifada: miscelânea, confusão.

*** Fica claro que há uma diferença entre Augusto e Carolina: ele é do interior e ela é da corte, portanto, mais refinada.**

que entendo, sem medo de ofender suscetibilidade de cortesão algum. Pois ainda não observaste que o verdadeiro amor não se dá muito com os ares da cidade?... que por natureza e hábito, as nossas roceiras são mais constantes que as **cidadoas**?... Olha, aqui encontramos nas moças mais espírito, mais jovialidade, graça e prendas, porém, nelas não acharemos nem mais beleza, nem tanta constância. Estudemos as duas vidas. A moça da corte escreve e vive comovida sempre por sensações novas e brilhantes, por objetos que se multiplicam e se renovam a todo momento, por prazeres e distrações que se precipitam; ainda contra a vontade, tudo a obriga a ser volúvel: se chega à janela um instante só, que variedade de sensações! seus olhos têm de saltar da carruagem para o cavaleiro, da senhora que passa para o menino que brinca, do **séquito** do casamento para o acompanhamento de enterro! Sua alma tem que sentir ao mesmo tempo o grito de dor e a risada de prazer, os lamentos, os brados de alegria e o ruído do povo; depois, tem o baile com sua atmosfera de lisonjas e mentiras, onde ela se acostuma a fingir o que não sente, a ouvir frases de amor a todas as horas, a mudar de galanteador em cada contradança; depois, tem o teatro, onde cem **óculos** fitos em seu rosto parecem estar dizendo: "és bela!" E assim enchendo-a de orgulho e muitas vezes de vaidade; finalmente, ela se faz por força e por costume tão inconstante como a sociedade em que vive, tão mudável como a moda dos vestidos. Quereis agora ver o que se passa com uma moça da roça?... Ali está ela na solidão de seus campos, talvez menos alegre, porém, certamente, mais livre; sua alma é todos os dias tocada dos mesmos objetos: ao romper d'alva, é sempre e só a aurora que **bruxuleia** no horizonte; durante o dia, são sempre os mesmos prados, os mesmos bosques e árvores; de tarde, sempre o mesmo gado que se vem recolhendo ao curral; à noite, sempre a mesma lua que prateia seus raios à lisa superfície do lago! Assim, ela se acostuma a ver e amar um único objeto; seu espírito,

Cidadoas: aquelas que habitam a cidade; o oposto de roceiras.

Séquito: cortejo.

Óculos: óculos de alcance; binóculos.

Bruxuleia: brilha, reluz.

quando concebe uma ideia, não a deixa mais, abraça-a, anima-a, vive eterno com ela; sua alma, quando chega a amar, é para nunca mais esquecer, é para viver e morrer por aquele que ama. Isso é sim, Augusto; considera que é lá em nossos campos que mais brilham esses sentimentos, que são a mesma vida e que não podem acabar senão com ela!...*

— Como estás exagerado, Leopoldo! Juraria que desejas casar com alguma moça da roça!

— Oh!... se esse desejo me dominar, certamente que o satisfarei com uma das muitas **cachopinhas** da minha terra.

— Eu logo vi que em teus raciocínios e observações andava o gênio da prevenção; escuso-me, porém, de responder-te, pois que falaste em geral e desse modo concedes...

— Que há muitas exceções, sem dúvida.

— Bom! quando não, tu me forçarias a tomar a palavra para defender a linda Moreninha, que tanto cativa.

— Então, Augusto, teremos porventura um romance?

— Que romance?

— Perderás a aposta e ao completar-se o mês...

— Daqui até lá... se eu pudesse esquecê-la!... mas aquela menina não é como as outras; é uma tentação... um diabinho...

— Quando, pois, começas a escrever?

— Estás tolo... — respondeu Augusto, tomando por um momento seu antigo bom humor. — Eu ainda pretendo nesses quinze dias mudar de amor *três vezes*.

Basta porém de estudantes. Já temos ouvido bastante o nosso Augusto e demorar-nos mais tempo em seu gabinete fora querer escutar ainda as mesmas coisas; porque o tal mocinho, que quer **campar de beija-flor**, parece que caiu no **visco** dos olhos e graças da jovem beleza da Ilha de... e está sinceramente enamorado dela. Ora, todos sabem que os amantes têm um prazer indizível em matraquear os ouvidos dos que os atendem com uma história muito comprida e mil vezes

*** Para os autores românticos, o estilo de vida na cidade é marcado pela hipocrisia e falsidade, ao contrário do que acontece no campo, onde as pessoas convivem com a natureza, símbolo da pureza. Esse cenário natural é ideal para expressar os verdadeiros estados da alma.**

Cachopinhas: moças, garotas. Termo usado em Portugal.

Campar de beija-flor: posar de beija-flor. Augusto vive dizendo que não se fixa em nenhuma moça, gosta de variar de amores. Por isso, o narrador o compara a um beija-flor, que também vive voando de flor em flor, sem se fixar em nenhuma.

Visco: substância pegajosa. Nesta passagem, tem o sentido de cair na rede, ser atraído ou apanhado.

repetida que, reduzindo-se à expressão mais simples, ficaria em zero ou, quando muito, nos seguintes termos: "eu olhei e ela olhou", eu lhe disse "pode ser, não pode ser". Deixemos, portanto, o senhor Augusto entregue a seus cuidados de moço, e tanto mais que já conhecemos o estado em que se acha. Vamos agora entrar no coraçãozinho de um ente bem amável, que não tem, como aquele, uma pessoa a quem confie suas penas, e por isso sofre talvez mais. Faremos uma visita à nossa linda Moreninha*.

Também suas modificações têm aparecido no caráter de d. Carolina, depois dos festejos de Sant'Ana. Antes deles, era essa interessante jovenzinha o prazer da Ilha de... Irreconciliável inimiga da tristeza, ela ignorava o que era estar melancólica dez minutos e praticava o despotismo de não consentir que alguém o estivesse; junto dela, por força ou por vontade, tudo tinha de respirar alegria; sabia tirar partido de todas as circunstâncias para fazer rir, e boa, afável e carinhosa para com todos, amoldava os corações à sua vontade; o ídolo, o delírio de quantos a praticavam, era ela a vida daquele lugar e empunhava com suas graças o cetro do prazer. Hoje suas maneiras são outras e, enquanto suas músicas se empoeiram, seu piano passa dias inteiros fechado, suas bonecas não mudam de vestido**, ela vagueia solitária pela praia, perdendo seus belos olhares na vastidão do mar, ou, sentada no banco da relva da gruta, descansa a cabeça em sua mão e pensa... Em quê?... Quais serão os solitários pensamentos de uma menina de menos de quinze anos?... E às vezes suspira... um suspiro?... Eis o que já é um pouco explicativo.

Assim como o grito tem o eco, a flor o aroma e a dor o gemido, tem o amor o suspiro; ah! o amor é um demoninho que não pede para entrar no coração da gente e, hóspede quase sempre importuno, por pior trato que se lhe dê, não desconfia, não se despede, vai-se colocando e deixando ficar, sem vergonha nenhuma, faz-se dono da casa alheia, toma conta de todas as ações, leva o seu

*** Observe como o narrador conversa frequentemente com o leitor, conduzindo a narrativa como se fosse alguém contando um caso. Esse estilo coloquial e envolvente foi um dos motivos da grande popularidade desse romance no século XIX.**

**** Note que Carolina, embora chamada de "senhora" e "dona", ainda é uma menina que brinca com bonecas. Ela é uma espécie de menina-moça que vai aos poucos deixando os hábitos infantis para entrar no mundo dos adultos.**

domínio muito cedo aos olhos, e às vezes dá tais saltos no coração, que chega a ir encarapitar-se no juízo; então, adeus minhas encomendas!...

Pois muito bem, parece que a tal tentação anda fazendo **peloticas** no peito da nossa cara menina; também não há moléstia de mais fácil diagnóstico. Uma mocinha que não tem cuidados, com quem a mamãe não é impertinente, que não sabe dizer onde lhe dói, que não quer que se chame médico, que suspira sem ter **flatos**, que não vê o que olha, que acha todo o **guisado** mal temperado, é porque já ama; portanto, d. Carolina ama, mas a quem?!...

Ah! sr. Augusto! sr. Augusto! a culpa é toda sua, sem dúvida. Essa bela menina, acostumada **desde as faixas** a exercer um poder absoluto sobre todos os que a cercam, não pôde ouvir o estudante vangloriar-se de não ter encontrado ainda uma mulher que o cativasse deveras, sem sentir o mais vivo desejo de reduzi-lo a obediente escravo de seus caprichos; ela pôs em ação todo o poder de suas graças, ideou mesmo um plano de ataque, estudou a natureza e os fracos do inimigo, observou e bateu-se; o combate foi fatal a ambos, talvez, e no fim dele a orgulhosa guerreira apalpou o seu coração e sentiu que nele havia penetrado um dardo; consultou a sua consciência e ouviu que ela respondia; se venceste, também estás vencida!

Com efeito, d. Carolina ama o feliz estudante, e uma mistura de saudades e de temor da inconstância do seu amado é provavelmente a causa da sua tristeza; ajunta-se a isso a novidade e os cuidados de um amor nascente e primeiro, o incômodo de um sentimento novo, inexplicável, que lhe enchia o inocente coração e ver-se-á que ela tem suas razões para andar melancólica.

E, portanto, toda a família está assaltada do mesmo mal; há na ilha uma epidemia de mau humor que tem chegado a todos, desde a sra. d. Ana até a última escrava. Além de quanto se acaba de expor, acresce que Filipe se deixou ficar na cidade a semana inteira, sem querer

Peloticas: provocações.

Flatos: pode significar ânsias, aflições ou dores (principalmente dor abdominal). Isto é, a menina suspira, mas não tem dores físicas e sim dores do amor.

Guisado: ensopado.

Desde as faixas: desde as fraldas, isto é, desde bem cedo.

dispensar uma só tarde para vir visitar sua querida avó e a bonita maninha.

Eis, porém, o que se chama acusação injusta. Diz o ditado que — falai no mau, aprontai o pau! Filipe estava esperando pelo dia de sábado para aproveitar o domingo todo no seio de sua família; ei-lo aí que recebe a bênção de sua avó e beija a fronte de sua irmã.

— Pensei — disse aquela — que não querias mais ver-nos!

— E quase que deixei a viagem para amanhã, minha boa avó.

— O ingrato ainda o diz... ouves, Carolina?... Então por que...

— Para vir na companhia de Augusto, que deve passar o dia conosco.

Essas palavras tiveram poder elétrico; d. Carolina, para ocultar a perturbação que a agitava, correu a esconder-se em seu quarto.

Lá, bem às escondidas, ela derramou uma lágrima: doce lágrima... era de prazer*.

20. PRIMEIRO DOMINGO: ELE MARCA

Augusto madrugou e muito. Quando a aurora começou a aparecer, já ele havia vencido meia viagem e seu desejo era ir acordar na Ilha de... uma pessoa que tinha o mau costume de dormir até alto dia; por isso **instava** com os remadores para que forcejassem; e enquanto seu batelão deslizava pelas águas, rápido como uma flecha pelos ares, ele o acusava de pesado, de vagaroso; tinha há muito descoberto a Ilha de... e os objetos foram pouco a pouco se tornando mais e mais distintos; viu a casa, viu o rochedo em que outrora a tamoia deveria ter cantado seus amores, e sobre o qual cantara,

*** Aqui fica bem evidente que Carolina deixa de ser menina travessa para ser heroína romântica, vivendo um grande amor.**

Instava: insistia.

havia oito dias, d. Carolina a sua balada; depois distinguiu sobre esse rochedo negro um ponto, um objeto branco, que foi crescendo, sempre crescendo, que enfim lhe pareceu uma figura de mulher, que ostentava a alvura de seus vestidos. Depois ele tinha desviado um pouco os olhos; quando os voltou de novo para o rochedo, a figura branca havia desaparecido como um sonho.

Enfim o batelão abordou à Ilha de...; Augusto correu à casa de que tantas saudades sofrera; todos já se tinham levantado; ninguém dormia ainda, d. Carolina estava vestida de branco.

— Eu lhe agradeço bem, sr. Augusto — disse a sra. d. Ana, depois dos primeiros cumprimentos —; eu lhe agradeço a sua boa visita; nós temos passado oito dias de **nojo**, e foi preciso que Filipe nos trouxesse a notícia de sua vinda, para reviver nossa antiga alegria; Carolina, por exemplo, desde ontem à noite já tem estado sofrivelmente travessa.

— Eu, minha avó, sempre tive fama de **desinquieta** e **prazenteira**; e se ontem me adiantei, foi porque chegou-me um companheiro para traquinar comigo.

— Não o negues, menina; tens estado melancólica e abatida toda esta semana; eram saudades da agradável companhia que tivemos. Que eram saudades conheci eu pelos suspiros que soltavas; e também não vai mal nenhum em confessá-lo.

D. Carolina voltou o rosto. Augusto arregalou os olhos e sentiu que a ventura lhe inundava o coração.

— O mesmo por lá nos sucedeu — disse Filipe, tomando a palavra. — Estivemos todos carrancudos e, seja dito em amor da verdade, Augusto, mais do que nenhum outro, gostou de nosso **trato** e da nossa companhia; realmente foi ele o que mostrou sofrer maiores saudades.

— É verdade, sr. Augusto? — perguntou a boa hóspeda.

— Minha senhora, a visita que vim ter o gosto de fazer é a melhor resposta que lhe posso dar.

Nojo: mágoa, tristeza.

Desinquieta: irrequieta.

Prazenteira: brincalhona.

Trato: convivência.

D. Carolina tinha os olhos em um livro de música, mas seus ouvidos e sua atenção pendiam dos lábios de Augusto; ouvindo as últimas palavras do estudante, ela se sorriu brandamente.

— De que estás rindo, Carolina? — perguntou Filipe.

— De um engraçado pedacinho da cavatina do Fígaro no ***Barbeiro de Sevilha***.

Então ela examinou o livro e viu que havia mentido, porque o que tinha diante de seus olhos era uma coleção de modinhas de **Laforge**.

Duas horas depois serviu-se o almoço. Mas durante essas duas horas, que se passaram muito depressa, Augusto teve de agradecer as obsequiosas atenções da avó de Filipe, que dizia ter por ele notável predileção, e também de reparar com esmero e minuciosidade no objeto de seus recentes cultos. Em resultado de suas observações, concluiu que d. Carolina estava bonita como dantes, porém mais lânguida*; que às vezes reparava suas indiscrições e que outras, quando mais parecia ocupar-se com seus alegres trabalhos, olhava-o **a furto**, com uma certa expressão de receio, pejo e ardor, que a **embelecia** ainda mais.

Durante o almoço a conversação divagou sobre inúmeros objetos; finalmente teve de ir bulir com um pobre lencinho que estava na mão de d. Carolina e que, se aí não estivesse, passaria despercebido.

— Eu julgo que ele está trabalhoso e perfeitamente **marcado** — disse Augusto.

— É ir muito longe — respondeu a menina. — Aí o tem, observe-o de perto, e repare que **barafunda** vai por aqui.

— Ora, eu acho tudo o melhor possível; ao muito, poder-se-ia dizer que este X foi marcado por mão de moça travessa.

— Quer dizer que foi pela minha? — adivinhou.

— Tem uma bela **prenda**, minha senhora.

— Que é muito comum.

— E nem por isso merece menos.

***O barbeiro de Sevilha*:** **Fígaro é o personagem principal da ópera cômica *O barbeiro de Sevilha*, de Joaquim Rossini (1792-1868), compositor italiano.**

Pierre Laforge (1791--1853?): conhecido editor francês de peças populares, radicado no Rio de Janeiro.

*** Carolina se mostra agora menos irrequieta, com um certo ar melancólico e sonhador que atrai Augusto.**

A furto: disfarçadamente.

Embelecia: embelezava.

Marcado: bordado.

Barafunda: aqui tem o sentido de coisa malfeita.

Prenda: talento, aptidão.

— Eu não entendo assim; aprecio bem pouco o que todo mundo pode ter. Quem não sabe marcar?

— Eu, minha senhora.

— É porque não quer.

— É porque não posso; eu não me poderia haver com uma agulha na mão.

— Um dia de paciência lhe seria suficiente.

— Querem ver — acudiu Filipe — que minha maninha reduz Augusto a aprender a marcar?

— Então, seria isso alguma asneira?

— Não, por certo; maninha pode mesmo dar-te algumas lições.

— Nada — respondeu a menina. — Sou muito raivosa e à primeira linha que ele rebentasse, eu o **chamaria a bolos**.

— Se é uma condição que oferece, eu a aceito, minha senhora; ensine-me com palmatória.

— Veja o que diz!...

— Repito-o.

— Pois bem, palmatória não, porque, enfim, podia doer-lhe muito; mas, de cada vez que eu julgar necessário, dar-lhe-ei um puxão de orelha.

— Menina! — disse a sra. d. Ana.

— Mas, minha avó, eu não estou pedindo a ele que venha aprender comigo.

— Porém podes ensinar-lhe com bons modos.

— É o que pretendo fazer.

— Ele há de aproveitar muito.

— Terá os meus elogios.

— E se por acaso errar alguma vez?

— Levará um puxão de orelha.

— Se me é permitido — disse Augusto —, aceito as condições.

— Pois bem — respondeu d. Carolina — está o senhor matriculado na minha aula de marcar e daqui a uma hora principiaremos a nossa lição.

— E então ele não passeia comigo? — perguntou Filipe.

Chamaria a bolos: castigaria, bateria com a palmatória (ver nota p. 143).

— Depois da lição — respondeu a mestra, fazendo-se de grave. — Antes não lhe dou licença.

Levantaram-se da mesa, e algum tempo foi destinado a descansar; Filipe desafiou Augusto para uma partida de gamão e, incontinenti, foram travar combate na varanda. Filipe derrotou seu competidor em três jogos consecutivos; estavam no começo do quarto, e tocou na sala uma campainha; os dois estudantes não deram atenção a isso e continuaram; o jogo tornou-se duvidoso, e qualquer dos dois podia dar ou levar gamão; Augusto acabava de lançar um dois e ás, que desconcertaram seu antagonista, quando d. Carolina apareceu e, dirigindo-se ao seu discípulo, disse com engraçada seriedade:

— O senhor não ouviu tocar a campainha?

— Então isso era comigo?

— Sim, senhor, são horas de lição, e espero que para outra vez não me seja preciso chamá-lo.

— Aceito a admoestação, minha bela mestra, mas rogo-lhe o obséquio de consentir que termine esta partida.

— Não, senhor.

— É uma **mão de honra**!

— Pior está essa!

— Ora é boa! — acudiu Filipe. — Então quer você...

— Não tenho a dizer-lhes o que quero, nem o que não quero; são horas da lição, vamos.

— É preciso obedecer — concluiu Augusto, levantando-se.

Daí a pouco estava tudo em via de regra; Augusto, sentado em uma banquinha aos pés de sua bela mestra, escutava, com olhos fitos no rosto dela, as explicações necessárias. Às vezes d. Carolina não podia conservar imperturbável sua afetada gravidade e então os sorrisos da bela mestra e do aprendiz graciosamente se trocavam; ela se mostrava mais pacífica e ele menos atento do que haviam prometido, porque era já pela quarta vez que a bela mestra recomeçava suas explicações e o aprendiz cada vez a entendia menos.

Mão de honra: jogada importante.

Filipe apareceu na sala, pronto para ir caçar, e convidou o seu amigo para com ele partilhar do mesmo prazer. Todo mundo adivinha que Augusto disse que não; ele poderia responder que não queria caçar, porque estava **pescando**, mas contentou-se com dizer:

— Minha bela mestra não dá licença.

— Tome cuidado no modo de pegar nessa agulha!... — gritou ela, com mau modo, e sem se importar com Filipe.

— Está bem — disse este, saindo. — Eu não os posso aturar.

E depois acrescentou sorrindo-se:

— Finque-se aí, sr. Hércules, aos pés da sua bela **Onfale**!

— Ouviu o que ele disse? — perguntou Augusto.

— Já lhe tenho repetido três vezes que não é assim que se pega na agulha.

— Ora, minha senhora...

— Ora, minha senhora!... ora, minha senhora! eu não sou sua senhora, sou sua mestra.

— Minha bela mestra!

— Digo-lhe que já me vai faltando a paciência. O senhor não atenta no que faz!... já tem quatro vezes rebentado a linha e é a décima segunda que lhe cai o dedal.

— Não se exaspere, minha bela mestra, eu o vou apanhar e não cairá mais nunca.

Augusto curvou-se e ficou quase de joelhos diante de d. Carolina; ora, o dedal estava bem junto dos pés dela e o aprendiz, ao apanhá-lo, tocou, ninguém sabe se de propósito, com seus dedos em um daqueles delicados pezinhos: esse contato fez mal; a menina estremeceu toda. Augusto olhou-a admirado, os olhos de ambos se encontraram e os olhos de ambos tinham fogo. Um momento se passou, e o sossego se restabeleceu.

— Já não posso mais! — exclamou a bela mestra. — Rebentou o senhor pela quinta vez a linha; não dá um ponto que preste; não há outro remédio...

Pescando: aqui tem o sentido de conquistando.

Onfale: segundo a mitologia grega, era uma rainha muito bela, por quem Hércules se apaixonou a ponto de esquecer sua condição de herói, pois ficou aos seus pés, vestido de mulher, fiando lã. Filipe compara, em tom de brincadeira, a situação de Augusto com a de Hércules.

E, dizendo isso, lançou uma das mãos à orelha do aprendiz, que de súbito deu um grito e acudiu com as suas. Ora, essas mãos se encontraram e nesse ensejo os dedos da bela mestra foram docemente apertados pela mão do aprendiz. Novo fogo de olhares; que aproveitável lição!...*

— Menina, tenha modos!... o sr. Augusto não é criança — exclamou a sra. d. Ana, que a dez passos cosia, e que só podia ver a exterioridade do que passava entre a bela mestra e o aprendiz.

A lição se prolongou até o meio-dia e mais de mil vezes se repetiu a mesma cena do encontro das mãos; d. Carolina não conseguiu puxar uma só vez a orelha do estudante e o aprendiz não perdeu uma só ocasião de apertar os dedos da bela mestra**. Augusto se comprometeu a apresentar na primeira lição um nome marcado pela sua mão, e tudo foi às mil maravilhas.

O resto do dia se passou como se havia passado o seu princípio para Augusto e d. Carolina.

Eles não se chamaram mais por seus nomes próprios, o amor lhes tinha ensinado outros, eram: "meu aprendiz", e "minha bela mestra".

A madrugada seguinte foi triste, porque presidiu às despedidas do aprendiz e sua bela mestra, mas ainda foi bem doce, porque ambos meigamente se disseram:

— Até domingo!

21. SEGUNDO DOMINGO: BRINCANDO COM BONECAS

Raiou o belo dia, que seguiu a sete outros, passados entre sonhos, saudades e esperanças. Augusto está viajando, e já não é mais aquele mancebo cheio de dúvidas e

*** A paixão e a sensualidade permeiam o jogo de sedução entre Augusto e Carolina: cada gesto está carregado de significado.**

**** Numa sociedade tão formal e rígida quanto a namoros, apertar a mão ou os dedos do outro de forma intencional era uma espécie de expressão amorosa entre os apaixonados.**

temores da semana passada; é um amante que acredita ser amado e que vai, radiante de esperanças, levar à sua bela mestra a lição de marca que lhe foi passada.

O prognóstico de d. Carolina, na gruta encantada, vai-se verificando: Augusto está completamente esquecido da aposta que fez e do camafeu que outrora deu à sua mulher. Um bonito rosto moreninho fez **olvidar** todos esses episódios da vida do estudante. D. Carolina triunfa, e seu orgulho de despotazinha de quantos corações conhece deveria estar **altaneiro**, se ela não amasse também.

Como da primeira vez, Augusto vê o dia amanhecer-lhe no mar; e, como na passada viagem, avista sobre o rochedo o objeto branco, que vai crescendo mais e mais, à medida que seu batelão se aproxima, até que distintamente conhece nele a elegante figura de uma mulher, bela por força; mas dessa vez, não como da outra, essa figura se demora sobre o rochedo, não desaparece como um sonho, é uma bonita realidade: é d. Carolina que só desce dele para ir receber o feliz estudante que acaba de desembarcar.

— Minha bela mestra!...

— Meu aprendiz!... já sei que traz o nome bem marcado.

— Oh! sempre precisarei que me queira puxar as orelhas.

— Não, eu não farei tal na lição de hoje.

— E se eu merecer?

— Talvez.

— Então errarei toda a lição.

Eles se sorriram, mas Filipe acaba de chegar e todos três vão pela avenida se dirigindo à casa.

Ter a ventura de receber o braço de uma moça bonita e a quem se ama; apreciar sobre si o doce contato de uma bem torneada mão, que tantas noites se tem sonhado beijar; roçar às vezes com o cotovelo um lugar sagrado, voluptuoso e palpitante*; sentir sob sua face o perfumado bafo que se esvaiu dentre os lábios virginais

Olvidar: esquecer.

Altaneiro: elevado.

*** Note a sutileza do narrador para se referir aos seios e à sensação deliciosa provocada pelo contato, ainda que breve, com o corpo da mulher amada.**

e nacarados, cujo sorrir se considera um favor do céu; o apanhar o leque que escapa da mão que estremeceu, tudo isso... mas para que divagações? Que mancebo há aí, de dezesseis anos por diante, que não tenha experimentado esses doces **enleios**, tão leves para a reflexão e tão graves e apreciáveis para a imaginação de quem ama? Pois bem, Augusto os está gozando nesse momento; mas, porque só a ele é isso de grande intimidade e convém dizer apenas o que absolutamente se faz preciso, pode-se, sem inconveniente, abreviar toda a história de duas boas horas, dizendo-se: almoçaram e chegou a hora da lição.

— Vamos — disse d. Carolina a Augusto, que estava já assentado a seus pés e em sua banquinha —, vamos, meu aprendiz, o senhor comprometeu-se a trazer-me um nome marcado pela sua mão; que nome marcou?

— Entendi que devia ser o nome da minha bela mestra.

Ela não esperava outra resposta.

— Vamos, pois, ver a sua obra — continuou — e creia que estou pouco disposta a perdoar-lhe, como fiz na lição passada. Venha a marca.

Augusto apresentou então um finíssimo lenço aos olhos da sua bela mestra, que teve de ler em cada ângulo dele o nome *Carolina* e no centro o dístico *Minha bela mestra*. Tudo estava primorosamente trabalhado, e preciso é confessar: o aprendiz havia marcado melhor do que nunca o tivera feito d. Carolina.

Augusto esperava com ansiedade ver brilhar nos olhos de sua bonita querida o prazer da gratidão, e **fruía** já de antemão o terno agradecimento com que contava, quando viu, com espanto, que sua bela mestra ia gradualmente corando e, por fim, se fez vermelha de cólera e de despeito.

— Nunca a mão grosseira de um homem poderia marcar assim!... — disse ela a custo.

— Mas minha bela mestra...

— Eu quero saber quem foi! — exclamou com força.

— Eu não entendo...

Enleios: encantos, êxtases.

Fruía: deleitava-se, sentia prazer.

— Foi uma mulher! isso não carece que me diga. Uma moça lhe marcou este lenço para o senhor vir zombar e rir-se de mim, de minha credulidade, de tudo!...

— Minha senhora...

— Vejam!... já nem quer chamar-me sua mestra!... Agora só sabe dizer "minha senhora"!...

A interessante jovem acabava de ser inesperadamente assaltada de um acesso de ciúme. Augusto estava espantado e a sra. d. Ana, levantando os olhos ao escutar a última exclamação de sua neta, viu-a correndo para ela.

— Que é isso, menina? — perguntou.

— Veja, minha querida avó: aqui está a marca que ele me traz! Eu queria um nome muito malfeito, uma barafunda que se não entendesse, o pano suado e feio, tudo mau, tudo péssimo, e eu me riria com ele. Sabe, porém, o que fez? Foi para a corte tomar outra mestra, que não há de ter a minha paciência, nem o meu prazer, mas que marca melhor que eu, que é mais bonita!... veja, minha querida avó; ele tem outra mestra, outra bela mestra!...

E dizendo isso, ocultou o rosto no seio da extremosa senhora e começou a soluçar.

— Que loucura é essa, menina? Que tem que ele tomasse outra mestra? Pois por isso choras assim?

— Mas nem me quer dizer o nome dela!... Que me importa que seja moça ou bonita? Nada tenho com isso, porém quero saber-lhe o nome, só o nome!...

Então ela ergueu-se e, com os olhos ainda molhados, com a voz entrecortada, mas com toda a beleza da dor e delírio do ciúme, voltou-se para Augusto e perguntou:

— Como se chama ela?

— Juro que não sei.

— Não sabe?...

— Quis trazer um lenço bem marcado para ostentar meus progressos e motivar alguns gracejos e mandei-o encomendar a uma senhora muito idosa, que vive desses trabalhos.

— Muito idosa?...

— É verdade...

— Não lhe deram este lenço?

— Paguei-o.

— Pois eu o rasgo...

— Pode fazê-lo.

— Ei-lo em tiras.

— Que fazes, Carolina? — exclamou a sra. d. Ana, querendo, já tarde, impedir que sua neta rasgasse o lenço.

— Fez o que cumpria, minha senhora — acudiu Augusto —; exterminou o mau gênio que acaba de fazê-la chorar.

— E que importa que eu rasgasse um lenço, minha querida avó? Peço-lhe licença para dar um dos meus ao sr. Augusto.

A sra. d. Ana, que começava a desconfiar da natureza dos sentimentos da mestra e do aprendiz, julgou a propósito não dar resposta alguma, mas nem com isso desnorteou a viva mocinha que, tirando da sua cesta de costura um lenço recentemente por ela marcado, o ofereceu a Augusto, dizendo:

— Eu não admito uma só desculpa, não desejo ver a menor hesitação; quero que aceite este lenço.

Augusto olhou para a sra. d. Ana, como para ler-lhe n'alma o que ela pensava daquilo.

— Pois rejeita um presente da minha neta? — perguntou a amante avó.

A resposta de Augusto foi um beijo na prenda de amor.

— Agora, que já estamos bem — disse ele — vamos à minha lição.

— Não, não — respondeu a bela mestra —, basta de marcar; não me saí bem do magistério, chorei diante do meu aprendiz, não falemos mais nisso.

— Então fui julgado incapaz de adiantamento?

— Ao contrário, pelo trabalho que trouxe, vi que o senhor estava adiantado demais; porém, sou eu quem tem outros cuidados.

— Já tem cuidados?...

— Quem é que deles não carece?... O pai de família tem os filhos, o senhor os seus livros e eu, que sou criança, tenho as minhas bonecas. Quer vê-las?

— Com o maior prazer.

Um momento depois a sala estava invadida por uma enorme quantidade de bonecas, cada uma das quais tinha seus parentes, seus vestidos, joias e um número extraordinário de **bugiarias**, como qualquer moça da moda as tem no seu toucador.

Bugiarias: bugigangas.

Ora, o tal bichinho chamado amor é capaz de amoldar seus escolhidos a todas as circunstâncias e de obrigá-los a fazer quanta **parvoíce** há neste mundo. O amor faz o velho criança, o sábio doido, o rei humilde, cativo; faz mesmo, às vezes, com que o feio pareça bonito e o grão de areia um gigante. O amor seria capaz de obrigar a um coxo a brincar o ***tempo-será***, a um surdo o ***companheiro companhão*** e a um cego o ***procura quem te deu***. O amor foi inventor das cabeleiras, dos dentes postiços que... mas, alto lá! que isso é bulir com muita gente; enfim, o amor está fazendo um estudante do quinto ano de medicina passar um dia inteiro brincando com bonecas.

Com efeito, Augusto já sabe de cor e salteado todos os nomes dos membros daquela muito numerosa família, conhece os diversos graus de parentesco que existem entre eles, acalenta as bonecas pequenas, despe umas e veste outras, conversa com todas, examina o guarda-roupa, batiza, casa, em uma palavra, dobra-se aos prazeres de sua bela mestra, como uma varinha ao vento.

No entanto a sra. d. Ana os observa cuidadosa; tem simpatizado muito com Augusto, mas nem por isso quer entregar todo o futuro do objeto que mais ama no mundo ao só abrigo do nobre caráter e sérias qualidades que tem reconhecido no mancebo.

Como de costume, a tarde teve de ser empregada em passeios à borda do mar e pelo jardim. O maior inimigo do amor é a civilidade. Augusto o sentiu, tendo de oferecer o braço à sra. d. Ana, mas esta lhe fez **cair a sopa no mel**, rogando-lhe que o reservasse para sua neta.

Filipe acompanhava sua avó e, na viva conversação que entretinham, o nome de Augusto foi mil vezes pronunciado.

Uma vez Augusto e Carolina, que iam adiante, ficaram muito distantes do par que os seguia.

A mão da bela Moreninha tremia convulsivamente no braço de Augusto e este apertava às vezes contra seu peito, como involuntariamente, essa delicada mão;

Parvoíce: tolice.

***Tempo-será*:** esconde-esconde.

***Companheiro companhão* e *procura quem te deu*:** duas brincadeiras infantis da época.

Cair a sopa no mel: vir uma coisa muito a propósito.

alguns suspiros vinham também perturbá-los mais, e havia dez minutos eles se não tinham dito uma palavra.

Em uma das ruas do jardim duas rolinhas **mariscavam**; mas, ao sentirem passos, voaram e, pousando não longe, em um arbusto, começaram a beijar-se com ternura; e essa cena se passava aos olhos de Augusto e Carolina!...

Igual pensamento, talvez, brilhou em ambas aquelas almas, porque os olhares da menina e do moço se encontraram ao mesmo tempo e os olhos da virgem modestamente se abaixaram e em suas faces se acendeu um fogo, que era o do pejo. E o mancebo, apontando para as pombas, disse:

— Eles se amam!

E a menina murmurou apenas:

— São felizes!

— Pois acredita que em amor possa haver felicidade?

— Às vezes.

— Acaso já tem a senhora amado?

— Eu?!... e o senhor?

— Comecei a amar há poucos dias.

A virgem guardou silêncio e o mancebo, depois de alguns instantes, perguntou tremendo:

— E a senhora já ama também?

Novo silêncio; ela pareceu não ouvir, mas suspirou. Ele falou menos baixo:

— Já ama também?...

Ela baixou ainda mais os olhos e com voz quase extinta disse:

— Não sei... talvez.

— E a quem?...

— Eu não perguntei a quem o senhor amava.

— Quer que lho diga?...

— Eu não pergunto.

— Posso eu fazê-lo?

— Não... não lho impeço.

— É a senhora.

D. Carolina fez-se cor-de-rosa e só depois de alguns instantes pôde perguntar, forcejando um sorriso:

Mariscavam: procuravam comida pelo chão.

— Por quantos dias?

— Oh! para sempre!... — respondeu Augusto, apertando-lhe vivamente o braço.

Depois ainda continuou:

— E a senhora não me revela o nome feliz?...

— Eu não... não posso.

— Mas por que não pode?

— Porque não devo.

— E nunca o dirá?!

— Talvez um dia.

— E quando?...

— Quando estiver certa que ele não me ilude.

— Então... ele é volúvel?...

— Ostenta sê-lo...

— Oh!... pelo céu!... acabe de matar-me!... basta o nome pronunciado bem em segredo, bem no meu ouvido, para que ninguém o possa ouvir, nem a brisa o leve... pelo céu!...

— Senhor!...

— Um só nome lhe peço!...

— É impossível!... eu não posso!...

— Se eu perguntasse?

— Oh!... não!...

— Serei eu?

A virgem tremeu toda e não pôde responder. Augusto lhe perguntou ainda, com fogo e ternura:

— Serei eu?...

A interessante Moreninha quis falar... não pôde, mas, sem o pensar, levou o braço do mancebo até o peito e lhe fez sentir como o seu coração palpitava*****.

— Serei eu?... — perguntou uma terceira vez Augusto, com requintada ternura.

A jovenzinha murmurou uma palavra que pareceu mais um gemido do que uma resposta, porém que fez transbordar a glória e o entusiasmo da alma do seu amante; ela tinha dito somente:

— Talvez.

*** Observe como essa atitude de Moreninha é bastante ousada, contrariando os modos pudicos de donzela a que o narrador se referiu anteriormente.**

22. MAU TEMPO

Tristes dias têm-se arrastado. Augusto está desesperado. Voltando da Ilha de... depois daquele belo dia da declaração de amor, achou na corte seu pai e em poucos momentos teve de concluir, na severidade com que era tratado, que já alguém o havia prevenido das suas loucuras e dos muitos pontos que ultimamente tinha dado nas aulas. A mais bem merecida repreensão, e um discurso cheio de conselhos e admoestações, veio por fim dar-lhe a certeza de que o seu bom velho estava ciente de tudo.

Para coroar a obra, contra o costume do maior número dos nossos agricultores que, quando vêm à cidade, estão no caso do ***fogo viste, linguiça?*** e ainda bem não puseram os pés no Largo do Paço já têm os olhos na Praia Grande (que por esses bons cinquenta anos há de continuar a ser Praia Grande, apesar de a terem crismado Niterói), o pai de Augusto não falava em voltar para a roça; e a julgar-se pelo sossego e vagar com que tratava os menos importantes negócios, parecia haver esquecido a moagem e a safra.

Chegou o sábado. O nosso Augusto, depois de muitos rodeios e cerimônias, pediu finalmente licença para ir passar o dia de domingo na Ilha de... e obteve em resposta um *não* redondo; jurou que tinha dado sua palavra de honra de lá se achar nesse dia e o pai, para que o filho não cumprisse a palavra, nem faltasse à honra, julgou muito conveniente trancá-lo em seu quarto.

Mania antiga é essa de querer triunfar das paixões com fortes meios; erro **palmar**, principalmente no caso em que se acha o nosso estudante; amor é um menino doidinho e malcriado que, quando alguém intenta refreá-lo, chora, **escarapela**, esperneia, **escabuja**, morde, belisca e incomoda mais que solto e livre; prudente é facilitar-lhe o que deseja, para que ele disso se desgoste; soltá-lo no prado, para que não corra; limpar-lhe o

Fogo viste, linguiça?: diz-se de uma coisa que desapareceu num instante, isto é, os agricultores não costumam demorar-se na cidade.

Palmar: básico, elementar.

Escarapela: arranha.

Escabuja: agita-se, debate-se.

caminho, para que não passe; acabar com as dificuldades e oposições, para que ele durma e muitas vezes morra. O amor é um anzol que, quando se engole, **agadanha-se** logo no coração da gente, donde, se não é com jeito, o maldito rasga, esburaca e se aprofunda. Portanto, muita **indústria** deve ter quem o quer pôr na rua, e para consegui-lo convém ir despedindo-o com bons modos, **parlamentares oferecimentos** e nunca bater-lhe com a porta na cara. Porém os homens, mal passam de certa idade, só se lembram do seu tempo para gritar contra o atual e esquecem completamente os ardores da mocidade. O resultado disso é o mesmo que tirara o pai de Augusto da energia e violência com que procura apagar a paixão do filho*****.

Já era tarde. Augusto amava deveras, e pela primeira vez em sua vida; e o amor, mais forte que seu espírito, exercia nele um poder absoluto e invencível. Ora, não há ideias mais livres que as do preso; e, pois, o nosso encarcerado estudante soltou as velas da barquinha de sua alma, que voou, atrevida, por esse mar imenso da imaginação; então começou a criar mil sublimes quadros e em todos eles lá aparecia a encantadora Moreninha, toda cheia de encantos e graças. Viu-a, com seu vestido branco, esperando-o em cima do rochedo, viu-a chorar, por ver que ele não chegava, e suas lágrimas queimavam-lhe o coração. Ouviu-a acusá-lo de inconstante e ingrato, daí a pouco pareceu-lhe que ela soluçava; escutou um grito de dor semelhante a esse que soltara no primeiro dia que ele tinha passado na ilha! Aqui, foi o nosso estudante às nuvens; saltou exasperado fora do leito em que se achava deitado, passeou a largos passos por seu quarto, acusou a crueldade dos pais, experimentou se podia arrombar a porta, fez mil planos de fuga, esbravejou, escabelou-se e, como nada disso lhe valesse, atirou com todos os seus livros para baixo da cama e deitou-se de novo, jurando que não havia de estudar dois meses. Carrancudo e teimoso, mandou voltar o almoço, o jantar e a ceia que lhe trouxeram, sem tocar

Agadanha-se: fere com as unhas.

Indústria: habilidade, astúcia.

Parlamentares oferecimentos: sugestões de negociação, acordo.

*** Note a maneira como o autor aconselha os pais a agirem com os filhos nas questões de amor. Na verdade ele trata de modo leve e diplomático um dos grandes temas românticos: o amor contra as imposições sociais, mais especificamente na oposição dos pais.**

num só prato; e sentindo que seu pai abria a porta do quarto, sem dúvida para vir consolá-lo e dar-lhe salutares conselhos, voltou o rosto para a parede e principiou a roncar como um endemoninhado.

— Já dormes, Augusto? — perguntou o bom pai, abrindo as cortinas do leito*.

A única resposta que obteve foi um ronco que mais assemelhou-se a um trovão. O experimentado velho fingiu ter-se deixado enganar, e retirando-se, trancou a porta ao pobre estudante.

Uma noite de amargor foi, então, a que se passou para este; na solidão e silêncio das trevas, a alma do homem que padece é, mais que nunca, toda de sua dor; concentra-se, mergulha-se inteira em seu sofrimento, não concebe, não pensa, não vela e não se exalta senão por ela. Isso aconteceu a Augusto, de modo que, ao abrir-se na manhã seguinte a porta do quarto, o pai veio encontrá-lo ainda acordado, com os olhos em fogo e o rosto mais enrubescido que de ordinário.

Augusto quis dar dois passos e foi preciso que os braços paternais o sustivessem para livrá-lo de cair.

— Que fizeste, louco? — perguntou o pai, cuidadoso.

— Nada, meu pai; passei uma noite em claro, mas... eu não sofro nada.

Oh! ele queria dizer que sofria muito!

Imediatamente foi-se chamar um médico que, contra o costume da classe, fez-se esperar pouco.

Augusto sujeitou-se com brandura ao exame necessário e quando o médico lhe perguntou:

— O que sente?

Ele respondeu com toda fria segurança do homem determinado:

— Eu amo.

— E mais nada?

— Oh! sr. doutor, julga isso pouco?

E além dessas palavras não quis pronunciar mais uma única sobre o seu estado. E, contudo, ele estava em violenta **exacerbação**. O médico deu por terminada a

*** As camas, no século XIX, possuíam uma armação onde se prendiam cortinas. Dessa forma, as pessoas dormiam como se estivessem em cabines fechadas.**

Exacerbação: **irritação, cólera.**

sua visita. Algumas aplicações se fizeram e um dos colegas de Augusto, que o tinha vindo procurar, fez-lhe o que chamou uma bela sangria de braços.

A enfermidade de Augusto não cedeu, porém, com tanta facilidade como a princípio supôs o médico, e três dias se passaram sem conseguir-se a mais insignificante melhora; uma mudança apenas se operou: a exacerbação foi seguida de um abatimento e prostração de forças notável; sua paixão, que também se desenhava no ardor dos olhares, na viveza das expressões e na audácia dos pensamentos, tomou outro tipo: Augusto tornou-se pálido, sombrio e melancólico; horas inteiras se passavam sem que uma só palavra fosse apenas murmurada por seus lábios, prolongadas insônias eram marcadas minuto a minuto por dolorosos gemidos; e seus olhos, amortecidos, como que **obsequiavam a luz** quando por acaso se entreabriam*.

Na visita do quarto dia, o médico disse ao pai de Augusto:

— Não vamos bem...

Uma ideia terrível apareceu então no pensamento do sensível velho: a possibilidade de morrer seu filho, a flor de suas esperanças, e tal ideia derramou em seu coração todo esse fel, cujo amargor só pode sentir a alma de um pai; entrou apressado e trêmulo no quarto do enfermo, e vendo-o prostrado no leito, como insensível, como meio morto, exclamou com lágrimas nos olhos:

— Oh! meu filho!... meu filho!... por que me queres matar?

Um brando **favônio** de vida passou pelo rosto de Augusto; seus olhos se abriram, um leve sorriso de gratidão lhe alisou os lábios, também duas lágrimas ficaram penduradas em suas pálpebras e ele, tomando e beijando a mão paterna, murmurou com voz sumida e terna:

— Meu pai... tão bom!...

Doces frases que retumbaram com mais doçura ainda no coração do velho.

Obsequiavam a luz: mal refletiam a luz.

*** Augusto padece do mal do amor, o que é tipicamente romântico.**

Favônio: sopro.

— Querido louco!... — disse ele — tu me obrigas a fazer loucuras!

E saiu do quarto e logo depois de casa, mas, voltando passadas algumas horas, entrou de novo na câmara do doente; fez retirar todas as pessoas que aí se achavam e, ficando só com ele, deu-lhe provavelmente algum elixir tão admirável, que as melhoras começaram a aparecer como por encantamento, no mesmo instante. Que milagre não será capaz de fazer o amor dos pais?...*

Novidades do mesmo gênero perturbavam a paz e os prazeres da Ilha de... D. Carolina também padecia. Os nossos amantes acabavam de chegar ao sentimental, e com seu sentimentalismo estavam azedando a vida dos que lhes queriam bem. Os namorados são semelhantes às crianças: primeiro divertem-nos com suas **momices**, depois incomodam-nos choramingando.

A bela Moreninha tinha visto romper a aurora do domingo, no rochedo da gruta, e tendo, debalde, esperado o seu estudante até alto dia, voltou para casa **arrufada**. No almoço não houve prato que não acusasse de mal temperado: faltava-lhe o tempero do amor; o chá não se podia tomar, o dia estava frio de enregelar, toda a gente de sua casa a olhava com maus olhos, e seu próprio irmão tinha um defeito imperdoável: era estudante, pertencia a uma classe cujos membros eram, sem exceção, sem exceção nenhuma (bradava ela lindamente enraivecida), falsos, maus, mentirosos e até... feios. À tarde sentiu-se incomodada. Retirou-se, não ceou e não dormiu.

Tudo neste mundo é mais ou menos compensado, e o amor não podia deixar de fazer parte da regra. Ele, que de um nadazinho tira motivo para o prazer de dias inteiros, que de uma flor já murcha **engendra** o mais vivo contentamento, que por um só cabelo faz escarcéus tais, que nem mesmo a sorte grande os causaria, que por uma cartinha de cinco linhas põe os lábios de um pobre amante em inflamação aguda com o estalar de tantos beijos, se não produzisse também agastados arrufos, às vezes algumas cólicas, outras amargores de boca,

*** Qual teria sido o remédio para os males de Augusto?**

Momices: palhaçadas.

Arrufada: mal-humorada, irritada.

Engendra: cria, faz nascer.

palpitações, ataques de **hipocondria**, **pruído** de canelas etc., seria tão completa a felicidade cá embaixo, que a terra chegaria a lembrar-se de ser competidora do céu.

Um exemplo dessa regra está sendo a nossa cara menina. Coitadinha! vai passando uma semana de ciúmes e amarguras; acordando-se ao primeiro trinar do canário, ela busca o rochedo, e com os olhos embebidos no mar, canta muitas vezes a balada de Ahy, repetindo com fogo a estrofe que tanto lhe condiz, por principiar assim:

Eu tenho quinze anos
E sou morena e linda.

E quando o sol começa a fazer-se quente, deixa o rochedo, para passar o dia inteiro no fundo do seu gabinete, ou ao lado de sua boa avó, que mal pode consolá-la, porque, conhecendo já a causa da tristeza da querida neta, teme vê-la fugir vermelha de pejo, se não fingir com finura ignorar o estado de seu coração.

O dia de sexta-feira trouxe ainda algumas novidades à Ilha de... A sra. d. Ana recebeu cartas que a tornaram talvez menos triste, mas, sem dúvida, muito pensativa. A presença da linda neta parecia **alentar** mais essas reflexões, que se prolongaram até à tarde do dia seguinte, em que um velho e particular amigo de sua família veio da corte visitá-la e com a respeitável senhora ficou duas horas conferenciando a sós.

Esse homem despediu-se, enfim, da sra. d. Ana, deixando-a cheia de prazer; e no momento em que saltava dentro do seu batel, vendo a interessante Moreninha que tristemente passeava à borda do mar, saudou-a com esta simples palavra, apontando para o céu:

— Esperança!

D. Carolina levantou a cabeça e viu que já o batel cortava as ondas, mas, como para corresponder a tão animador cumprimento, ela por sua vez apontou também para o céu, e pondo a outra mão no lugar do coração disse:

— Esperarei.

Hipocondria: melancolia, tristeza profunda.

Pruído: coceira.

Alentar: estimular.

23. A ESMERALDA E O CAMAFEU

D. Carolina passou uma noite cheia de pena e de cuidados, porém, já menos ciumenta e despeitada; a boa avó livrou-a desses tormentos. Na hora do chá, fazendo com habilidade e destreza cair a conversação sobre o estudante amado, dizendo:

— Aquele interessante moço, Carolina, parece pagar-nos bem a amizade que lhe temos, não entendes assim?...

— Minha avó... eu não sei.

— Dize sempre, pensarás acaso de maneira diversa?...

A menina hesitou um instante e depois respondeu:

— Se ele pagasse bem, teria vindo domingo.

— Eis uma injustiça, Carolina. Desde sábado à noite que Augusto está na cama, prostrado por uma enfermidade cruel.

— Doente?! — exclamou a linda Moreninha, extremamente comovida. — Doente?... em perigo?...

— Graças a Deus, há dois dias ficou livre dele; hoje já pôde chegar à janela, assim me mandou dizer Filipe.

— Oh! pobre moço!... se não fosse isso, teria vindo ver-nos!...

E, pois, todos os antigos sentimentos de ciúme e temor da inconstância do amante se trocaram por ansiosas inquietações a respeito de sua moléstia.

No dia seguinte, ao amanhecer, a amorosa menina despertou, e buscando o toucador, há uma semana esquecido, dividiu seus cabelos nas duas costumadas belas tranças, que tanto gostava de fazer ondear pelas espáduas, vestiu o estimado vestido branco e correu para o rochedo.

— Eu me alinhei — pensava ela — porque enfim... hoje é domingo e talvez... como ontem já pôde chegar à janela, talvez consiga com algum esforço vir ver-me.

E quando o sol começou a refletir seus raios sobre o liso espelho do mar, ela principiou também a cantar sua balada:

Eu tenho quinze anos
E sou morena e linda.

Mas, como por encantamento, no instante mesmo em que ela dizia no seu canto:

Lá vem sua piroga
Cortando leve os mares.

um lindo batelão apareceu ao longe, voando com asa intumescida para a ilha.

Com força e comoção desusadas bateu o coração de d. Carolina, que calou-se para só empregar no batel que vinha atentas vistas, cheias de amor e de esperança. Ah! era o batel suspirado.

Quando o ligeiro barquinho se aproximou suficientemente, a bela Moreninha distinguiu dentro dele Augusto, sentado junto a um respeitável ancião, a quem não pôde conhecer; então ela, vendo que chegavam à praia, fingiu não tê-los sentido e continuou sua balada:

Enfim abica à praia
Enfim salta apressado...

Augusto, com efeito, saltava nesse momento fora do batel, e depois deu a mão a seu pai para ajudá-lo a desembarcar; d. Carolina, que ainda não mostrava dar fé deles, prosseguiu seu canto até que quando dizia:

Quando há de ele correr
Somente pra me ver...

sentiu que Augusto corria para ela. Prazer imenso inundava a alma da menina, para que possa ser descrito; como todos preveem, a balada foi nessa estrofe interrompida e d. Carolina, aceitando o braço do estudante, desceu do rochedo e foi cumprimentar o pai dele.

Ambos os amantes compreenderam o que queria dizer a palidez de seus semblantes e os vestígios de um padecer de oito dias, guardaram silêncio e não tiveram uma palavra para pronunciar; tiveram só olhares para trocar e suspiros a verter. E para que mais?...

A sra. d. Ana recebeu com sua costumada afabilidade o pai de Augusto e abraçou a este com ternura. Ao servir-se o almoço, ela lhe perguntou:

— Por que não veio o meu neto?

— Ficou para vir mais tarde, com os nossos dois amigos Leopoldo e Fabrício.

— Então teremos um excelente dia.

— Eu o espero.

Uma hora depois o pai de Augusto e a sra. d. Ana conferenciavam a sós, e os dois namorados achavam-se, defronte um do outro, no vão de uma janela.

E eles continuavam no silêncio, mas olhavam-se com fogo.

Augusto parecia querer comunicar alguma coisa bem extraordinária à sua interessante amada, porém sempre estremecia ao entreabrir os lábios.

E d. Carolina, cônscia já de sua fraqueza, e como lembrando-se dos pesares que tinha sofrido, não sabia mais servir-se de seus sorrisos com a malícia do tempo da liberdade e mostrava-se esquecida de seu viver de alegrias e travessuras.

Alguma grande resolução obrigava o moço a estar silencioso, como tremendo pelo êxito dela...

No fim de muito tempo eles haviam conseguido dizer-se:

— O mar está bem manso.

— O dia está sereno.

Felizmente para eles a sra. d. Ana convidou-os a entrar no gabinete. Augusto para aí se dirigiu tremendo, d. Carolina curiosa. Quando eles se sentaram, o ancião falou:

— Augusto, eu acabo de obter desta respeitável senhora a honra de te julgar digno de pretenderes a mão de sua linda neta, e agora resta que alcances o sim da interessante pessoa que amas. Fala*****.

Tanto d. Carolina como o pobre estudante ficaram cor de nácar; houve bons cinco minutos de silêncio e o pai de Augusto instou para que ele falasse, e o bom do rapaz não fez mais do que olhar para a moça, com ternura, abrir a boca e fechá-la de novo, sem dizer palavra.

A sra. d. Ana tomou, então, a palavra e disse sorrindo-se:

— Enfim, é necessário que os ajudemos. Carolina, o sr. Augusto te ama e te quer para sua esposa; tu que dizes?...

Nem palavra.

Foi preciso que se repetisse pela terceira vez a pergunta, para que a menina, sem levantar a cabeça, murmurasse apenas:

*** O casamento envolve mais do que o amor e a beleza. D. Ana e o pai de Augusto discutiram provavelmente as questões práticas: o dote da noiva, o futuro profissional do noivo, a renda familiar etc.**

— Minha avó... eu não sei.

— Pois creio que ninguém melhor que tu o poderá saber. Desejas que eu responda em teu nome?...

A bela Moreninha pensou um momento... não pôde vencer-se, sorriu-se como se sorria dantes, e erguendo a cabeça disse:

— Eu rogo que daqui a meia hora se vá receber a minha resposta na gruta do jardim.

— Quererás consultar a fonte? Pois bem, iremos.

D. Carolina saiu com ar meio acanhado e meio maligno. Passados alguns instantes a sra. d. Ana, como quem estava certa do resultado da meia hora de reflexão, e já por tal podia gracejar com os noivos, disse a Augusto:

— O sr. não quer refletir também no jardim?

O estudante não esperou segundo conselho e para logo dirigiu-se à gruta. D. Carolina estava sentada no banco de relva, e seu rosto, sem poder ocultar a comoção e o pejo que lhe produzia o objeto de que se tratava, tinha, contudo, retomado o antigo verniz do prazer e malícia. Vendo entrar o moço, disse:

— Eu creio que ainda se não passou meia hora.

— Ah! podia eu esperar tanto tempo?...

— Acaso veio perguntar-me alguma coisa?...

— Não, minha senhora, eu só venho ouvir a minha sentença.

— Então... pede-me para sua esposa.

— A senhora o ouviu há pouco.

— Pois bem, sr. Augusto, veja como verificou-se o prognóstico que fiz do seu futuro! Não se lembra que aqui mesmo lhe disse "que não longe estava o dia em que o sr. havia de esquecer *sua mulher*"?

— Mas eu nunca fui casado... — murmurou o estudante.

— Oh! isso é uma recomendação contra a sua constância!...

— E quem tem a culpa de tudo, senhora?

— Muito a tempo ainda me lança em rosto a parte que tenho na sua infidelidade; pois, eu emendarei a mão agora. O senhor há de cumprir a palavra que deu há sete anos!

Augusto recuou dois passos.

— O senhor é um moço honrado — continuou a cruel Moreninha — e, portanto, cumprirá a palavra que deu, e só casará com sua desposada antiga.

— Oh!... agora já é impossível!

— Ela deve ser uma bonita moça!... teria razão de queixar-se contra mim, se eu roubasse um coração que lhe pertence... até por direito de antiguidade;

ora eu, apesar de ser travessa, não sou má, e, portanto, o senhor só será esposo dessa menina.

— Jamais!

— Juro-lhe que há de sê-lo.

— E quem me poderá obrigar?

— Eu, pedindo.

— A senhora?

— E a honra, mandando.

— Para que, pois, animou o amor que pela senhora sinto?...

— Para satisfazer as minhas vaidades de moça, somente para isso. Eu o ouvi gabar-se de que nenhuma mulher seria capaz de conservá-lo em amoroso enleio por mais de três dias, e desejei vingar a injúria feita ao meu sexo. Trabalhei, confesso que trabalhei para prendê-lo; fiz talvez mais do que devia, só para ter a glória de perguntar-lhe uma vez, como agora o faço: "Então, senhor, quem venceu: o homem ou a mulher?..."

— Foi a beleza.

— Porém já passou o tempo do galanteio, e eu devo lembrar-lhe o dever que com a paixão esquece. Escute: na idade de treze anos o senhor amou uma linda e travessa menina, que contava apenas sete.

— Já a senhora em outra ocasião me disse isso mesmo.

— Junto ao leito de um moribundo jurou que havia de amá-la para sempre.

— Foi um juramento de criança.

— Embora, foi um juramento; trocou com ela aí mesmo prendas de amor, e quando a menina lhe apresentar a que recebeu e lhe pedir a que ofereceu e o senhor aceitou?...

— Ah! senhora...

— Quando o velho moribundo, dando-lhe o breve de cor branca disse: "Tomai este breve, cuja cor exprime a candura da alma daquela menina; ele contém vosso camafeu; se tendes bastante força para ser constante e amar para sempre aquele belo anjo, dai-lho, para que ela o guarde com desvelo". Por que deu o senhor o breve à menina?...

— Porque eu era um louco, uma criança!...

— E nem ao menos se lembra de que o velho disse com voz inspirada: "Deus paga sempre a esmola que se dá ao pobre!... lá no futuro vós o sentireis"? Não tem o senhor esperança de ver realizar-se essa bela profecia? não se lembra de ouvi-la? Pois ela soou bem docemente no meu coração, quando, às escondidas, a escutei repetida nesta gruta por seus lábios.

— Oh! mas por que Deus não me prendeu a essa menina nos laços

indissolúveis, antes que eu visse o lindo anjo desta ilha?

— E como, senhor, posso eu acreditar nos seus protestos de ternura e constância, se já o vejo faltar à fé de outra?... Senhor! senhor! o que foi que prometeu há sete anos passados?...

— Então eu não pensava no que fazia.

— E agora pensa no que quer fazer?

— Penso que sou um desgraçado, um louco!... penso que é uma barbaridade inqualificável que, enquanto eu padeço, sofro mil torturas, deixe a senhora brincar nos seus lábios o sorriso com que costuma encantar para matar; penso...

— Acabe!

— Penso que devo fugir para sempre desta ilha fatal, deixar aquela cidade detestável, abandonar esta terra de minha pátria, onde não posso ser outra vez feliz!... penso que a lembrança do meu passado faz a minha desgraça, que o presente me enlouquece e me mata, que o futuro... Oh! já não haverá futuro para mim! Adeus, senhora!...

— Então, parte?...

— E para sempre.

D. Carolina deixou cair uma lágrima e falou ainda, mas já com voz fraca e trêmula:

— Sim, deve partir... vá... Talvez encontre aquela a quem jurou amor eterno... Ah! senhor! nunca lhe seja perjuro.

— Se eu a encontrasse!...

— Então?... que faria?...

— Atirar-me-ia a seus pés, abraçar-me-ia com eles e lhe diria: "Perdoai-me, perdoai-me, senhora, eu já não posso ser vosso esposo! tomai a prenda que me deste..."*

E o infeliz amante arrancou debaixo da camisa um breve, que convulsivamente apertou na mão.

— O breve verde!... — exclamou d. Carolina — o breve que contém a esmeralda!...

Indissolúveis: que não podem ser dissolvidos ou desfeitos.

*** Note o tom melodramático do diálogo.**

— Eu lhe diria — continuou Augusto — recebei este breve que já não devo conservar, porque eu amo outra que não sois vós, que é mais bela e mais cruel do que vós!...

A cena estava se tornando **patética**; ambos choravam e só passados alguns instantes, a inexplicável Moreninha pôde falar e responder ao triste estudante.

— Oh! pois bem — disse —, vá ter com sua antiga desposada, repita-lhe o que acaba de dizer, e se ela ceder, se perdoar, volte que eu serei sua... esposa.

— Sim... eu corro... Mas, meu Deus, onde poderei achar essa moça a quem não tornei a ver, nem poderei conhecer?... onde, meu Deus?... onde?...

E tornou a deixar correr o pranto por um momento suspenso.

— Espere — tornou d. Carolina —, escute, senhor. Houve um dia, quando minha mãe era viva, em que eu também socorri um velho moribundo. Como o senhor e sua camarada, matei a fome de sua família e cobri a nudez de seus filhos; em sinal de reconhecimento também este velho me fez um presente; deu-me uma relíquia milagrosa que, **asseverou-me** ele, tem o poder uma vez, na vida de quem a possui, de dar o que se deseja. Eu cosi essa relíquia dentro de um breve; ainda não lhe pedi coisa alguma, mas trago-a sempre comigo; eu lha cedo... tome o breve, descosa-o, tire a relíquia e à mercê dela talvez encontre sua antiga amada. Obtenha o seu perdão e me terá por esposa.

— Isso tudo me parece um sonho — respondeu Augusto —, porém, dê-me, dê-me esse breve!

A menina, com efeito, entregou o breve ao estudante, que começou a descosê-lo precipitadamente. Aquela relíquia, que se dizia milagrosa, era sua última esperança; e, semelhante ao náufrago que no derradeiro extremo se agarra à mais leve tábua, ele se abraçava com ela. Só faltava a derradeira capa do breve... ei-la que cede e se descose... salta uma pedra... e Augusto, entusiasmado e como delirante, cai aos pés de d. Carolina, exclamando:

Patética: nesta passagem, tem o sentido de comovente.

Asseverou-me: garantiu-me, assegurou-me.

— O meu camafeu!... o meu camafeu!...

A senhora d. Ana e o pai de Augusto entraram nesse instante na gruta e encontraram o feliz e fervoroso amante de joelhos e a dar mil beijos nos pés da linda menina, que também por sua parte chorava de prazer.

— Que loucura é essa? — perguntou a senhora d. Ana.

— Achei minha mulher!... — bradava Augusto —; encontrei minha mulher!... encontrei minha mulher!...

— Que quer dizer isso, Carolina?...

— Ah! minha boa avó!... — respondeu a travessa Moreninha ingenuamente — nós éramos conhecidos antigos.*

*Uma característica típica dos folhetins do século XIX era o reencontro predestinado. Por algum motivo, duas personagens são obrigadas a se separar. A história vai então se desenvolvendo até que, por meio de algum objeto ou pessoa, as duas personagens tornam a se encontrar, ocasionando um final feliz. Tal recurso, de que se utiliza com maestria Macedo, é ainda hoje usado nas telenovelas, o que contribui muito para despertar o interesse dos espectadores.

24. EPÍLOGO

A chegada de Filipe, Fabrício e Leopoldo veio dar ainda mais viveza ao prazer que reinava na gruta. O projeto de casamento de Augusto e d. Carolina não podia ser um mistério para eles, tendo sido, como foi, elaborado por Filipe, de acordo com o pai do noivo, que fizera a proposta, e com o velho amigo, que ainda no dia antecedente viera concluir os ajustes com a sra. d. Ana; e, portanto, o tempo que se gastaria em explicações passou-se em abraços.

— Muito bem! muito bem! — disse por fim Filipe —, quem pôs o fogo ao pé da pólvora fui eu, eu que obriguei Augusto a vir passar o Dia de Sant'Ana conosco.

— Então estás arrependido?...

— Não por certo, apesar de me roubares minha irmã. Finalmente para esse tesouro sempre teria de haver um ladrão: ainda bem que foste tu que o ganhaste.

— Mas, meu maninho, ele perdeu ganhando...

— Como?...

— Estamos no dia 20 de agosto: um mês!

— É verdade! um mês!... — exclamou Filipe.

— Um mês!... — gritaram Fabrício e Leopoldo.

— Eu não entendo isto! — disse a senhora d. Ana.

— Minha boa avó — acudiu a noiva —, isto quer dizer que, finalmente, está presa a borboleta.

— Minha boa avó — exclamou Filipe —, isto quer dizer que Augusto deve-me um romance.

— Já está pronto — respondeu o noivo.

— Como se intitula?

— *A Moreninha.*

A MORENINHA

Comentários sobre a obra

Joaquim Manuel de Macedo pode ser considerado o autor romântico mais fiel a seu público; um público, aliás, que ele não só ajudou a criar como também conheceu muito bem, ao longo de seus quase quarenta anos de carreira e mais de duas dezenas de obras publicadas.

Extraindo da vida social da época personagens e situações, Macedo transpõe para o romance um mundo bastante familiar a seus leitores. Os tipos humanos eram aqueles que circulavam pelas casas e festas burguesas do Rio de Janeiro: o estudante conquistador, a moça namoradeira, a garota sapeca, a criada intrometida. As paisagens eram as praias desertas e convidativas ou as matas da Tijuca, por exemplo. Nas histórias, um pouco de suspense, desmaios, imprevistos, cenas cômicas para desanuviar o ambiente e um final feliz.

Além da estruturação do enredo — arte de prender a atenção do leitor, que Macedo rapidamente dominou —, a sua linguagem simples, coloquial e bem-humorada é outro aspecto que aproxima ainda mais o autor de seu público. Os personagens falam dos mesmos assuntos que as pessoas de seu tempo, usando a mesma linguagem. Tudo aproxima leitores e personagens. É essa a receita do romance romântico tão bem exemplificado em *A Moreninha*, cujo enredo, no fundo, gira em torno do casamento, pois que outra preocupação poderia ter uma jovem numa sociedade em que a mulher representava um capital? Os homens, por sua vez, tendo no casamento uma ótima oportunidade para sua escalada social, não seriam frios e calculistas, convertendo o "amor" num negócio rentável? Apesar de muitas vezes denunciar essa comercialização dos sentimentos, Macedo não permite que o leitor veja sua heroína casada, no final da história, com um frio caçador de dotes. Ele sempre arranja um jeito de fazer com que a virtude seja recompensada e o amor sincero triunfe.

A MORENINHA GANHOU UMA ADAPTAÇÃO PARA O CINEMA (NA IMAGEM, CAPA DO DVD).

© Reprodução

E TAMBÉM INSPIROU DUAS NOVELAS NA TV GLOBO: A PRIMEIRA VERSÃO FOI PROTAGONIZADA POR MARÍLIA PÊRA (1965). DEZ ANOS DEPOIS, FOI A VEZ DE A ATRIZ NÍVEA MARIA INTERPRETAR A PERSONAGEM (FOTO).

CONVERSANDO SOBRE A OBRA

1. O consumo dos folhetins foi intenso no século XIX. Estudar o desenvolvimento da trama de *A Moreninha* e explicar se há evidências ou não da influência do folhetim na estrutura desse romance.

2. Com base na leitura do capítulo 16, explicar a função do sarau na vida social da época.

3. No romance, há duas histórias amorosas: Aoitin e Ahy/Augusto e Carolina. Apesar de acontecerem em tempos distintos (passado e presente), ambas se aproximam, mantendo estreita ligação entre si. Explicar as diferenças e as semelhanças que podem ser apontadas entre esses dois casos.

4. O romance apresenta várias cenas típicas de comédia, deixando perceber a habilidade do autor em visualizar situações cômicas de grande efeito teatral. A propósito, não se deve esquecer que Macedo foi um fecundo autor de peças teatrais. Destacar em *A Moreninha* pelo menos três episódios que confirmam essa característica.

5. Um dos assuntos tratados com muito humor no romance é a diferença entre o "amor clássico" e o "amor romântico". Com base na carta de Fabrício a Augusto (capítulo 2), explicar em que consistia, segundo eles, a diferença entre esses dois tipos de amor.

6. O romance é narrado em terceira pessoa. Observar como é feita a narração para verificar se se trata de um narrador onisciente ou não. Atentar também para os seus comentários, observando se ele se mantém neutro ou não diante dos fatos que conta.

7. Assim escreveu o historiador Nelson Werneck Sodré, no livro *História da literatura brasileira*, a respeito da situação da mulher na época em que transcorre a ação de *A Moreninha*:

"A verdadeira ferocidade na reclusão da mulher [...] entrava em declínio, no ambiente urbano, com o início da vida dos salões, e mesmo da função pública da rua, sobre a qual, antes, como que se estendia a propriedade privada, de tal forma ela aparecia como um prolongamento desta. Começa a receber a mulher uma educação em que apareciam certas prendas que predispunham à demonstração, à apresentação [...]. Começava a figurar nos salões, a receber e a tratar com os convidados, a conviver com estranhos, a frequentar modistas, a visitar, a ler figurinos e, também, a ler romances. Dos salões, as mulheres foram ao teatro e à rua".

Com base nesses comentários, explicar se, em *A Moreninha*, o autor representou com fidelidade a situação da mulher na sociedade fluminense do século XIX.

8. Ainda sobre a sociedade brasileira do século XIX, escreveu o historiador Nelson Werneck Sodré no mesmo livro:

"Era hábito da época a procura do casamento entre os moços inteligentes, dotados de um diploma, de anel de grau, destinados a se constituírem em porta-vozes dos interesses dos senhores de terras, seus representantes, particularmente no campo político. O casamento rico com a rica herdeira representava um caminho para a Câmara, além daquilo que representava como sociedade na fazenda ou no engenho".

Explicar se é possível perceber, no romance *A Moreninha,* aspectos desse mecanismo de relacionamento social.